賢治さんのイーハトヴ

宮沢賢治試論

Toshihiko Inoue
井上寿彦

風媒社

はじめに

賢治さんが、「わたしたちは、氷砂糖をほしいくらゐもたないでも、」と名調子で書きだした『注文の多い料理店』の序は、鈴木三重吉の創刊した『赤い鳥』の標榜語《モットー》に対する挑戦ではないか。賢治さんが童話を書きだしたのは、高等農林卒業前後の就職に悩んでいた時だとか、オツベルは象の下敷きなんかになって死んでいないとか、賢治さんが手帳にメモした「法華文学」とは、実は「イーハトヴ童話」のことだとか……。えっ？ と驚かれるようなかなり挑発的な新説を、かれこれ十年も前に『賢治、「赤い鳥」への挑戦』や『賢治 イーハトヴ童話』（どちらも菁柿堂発行）で公にしたのに、あまりかんばしい反響はありませんでした。

前に書いた本は、論文ですから文体は硬いし注も多いし、ぜんたい読みにくいものでした。そこでわたしは、わたしの属する中部児童文学会の機関誌『中部児童文学』の118号から122号に、読者に楽しく面白く読んでもらおうと、例証や注をできるだけ削り、言おうとすることが直に伝わるように書きかえて、連載しました。これは会員もまあ読んでくれたようですし、『日本児童文学』の同人誌評でも好意的にとり上げてくれました。

そこでそれらをまとめて、地元名古屋の風媒社さんの劉編集長にたのんで本にしてもらいました。
賢治さんに関する評論はむつかしいものが多い。それはわたしにとっても同じですが、ここでは新しいことをわかり易く書いたつもりです。ぜひお読みくださってご感想などくださると感激です。

二〇一五年六月

井上寿彦

賢治さんのイーハトヴ　―宮沢賢治試論―

目次

3章 賢治さんの、古いありふれた宝壷 104

4章 人間を描く —賢治さんの方法を追って— 147

5章 「イーハトヴ童話」という果実 202

1章　賢治さん、『赤い鳥』へ挑戦

1　『注文の多い料理店』の序と『赤い鳥』の標榜語

わたしたちは、氷砂糖をほしいくらゐもたないでも、きれいにすきとほつた風をたべ、桃いろのうつくしい朝の日光をのむことができます。

またわたくしは、はたけや森の中で、ひどいぼろぼろのきものが、いちばんすばらしいびらうどや羅紗や、宝石いりのきものに、かはつてゐるのをたびたび見ました。

わたくしは、さういふきれいなたべものやきものをすきです。

これらのわたくしのおはなしは、みんな林や野はらや鉄道線路やらで、虹や月あかりからもらつてきたのです。

ほんたうに、かしはばやしの青い夕方を、ひとりで通りかかつたり、十一月の山の風のなかに、ふるえながら立つたりしますと、もうどうしてもこんな気がしてしかたないのです。ほんたうにもう、どうしてもこんなことがあるやうでしかたないといふことを、わたくしはそのとほり書いたまでです。

ですから、これらのなかには、あなたのためになるところもあるでせうし、ただそれつきりのところもあるでせうが、わたくしには、そのみわけがよくつきません。なんのことだか、わけのわからないところもあるでせうが、そんなところは、わたくしにもまた、わけがわからないのです。

けれども、わたくしは、これらのちいさなものがたりの幾きれかが、おしまひ、あなたのすきとほつたほんたうのたべものになることを、どんなにねがふかわかりません。

大正十二年十二月二十日　宮澤賢治

これは、賢治さんのたった一つの童話集『イーハトヴ童話　注文の多い料理店』の初めにおかれた「序」です。レシタティーブのように静かに語りかけ、美しいイメージにいろどられ、字づらもやさしい文章です。

（ちょっと西洋風な）氷砂糖のようなお菓子がいっぱい無くても、おいしい風や朝の日光はわたしたちのまわりにあります。ひどいぼろの着物が、畑や森の中では美しい着物に変わります。そういう身の周りにある食べ物や着物を、わたくしは大好きです。

そして、ここに載せたわたくしのお話は、みんな林や野原で、虹や月あかりからもらってきたのです。そういうものが語ってくれたとおり書いたのです。

そんなふうなお話だから、あなたのためになるところもあるでしょうが、ただのお話にすぎないところもあるかもしれません。その区別は、わたくしにもわからないのです。

でも、この小さいお話が、あなたたちのほんとうの食べ物であってほしいと、わたくしは願っています。


そんな意味でしょうか。でも、その書き出しの部分、やや唐突な感じがしませんか？　私はどういうわけか、初めて読んだときから、そんな感じがしてなりませんでした。「わたしたちは、氷砂糖をほしいくらいもたないでも……」の「わたしたち」と「氷砂糖」に原因があるように考えました。そのあとは全て「わたくし」で通しているのに、最初だけが「わたしたちは」と、ちょっと振りかぶったように書いているのです。賢治さん自身のことを言う場合は、もちろん「わたくし」なのですが、この最初だって「わたくしは」で悪いわけではない。でも、ここは「わたしたちは」でなくては、いけなかったのです。

それを発見したのは、これも有名な、鈴木三重吉の創刊した児童雑誌『赤い鳥』の「標榜語《モットー》」を読んだ時でした。

そこでこんどは、『赤い鳥』創刊号に載っている「標榜語《モットー》」というのをもってきましょう。長いですが、全文を引いてみます。

「標榜語《モットー》」

○現在世間に流行してゐる子供の読物の最も多くは、その俗悪な表紙が多面的に象徴してゐる如く、種々の意味に於て、いかにも下劣極まるものである。こんなものが子供の真純を侵害しつゝあるといふことは、単に思考するだけでも怖ろしい。

○西洋人と違つて、われ〳〵日本人は、哀れにも殆未だ嘗て、子供のために純麗な読み物を授ける、真の芸術家の存在を誇り得た例がない。

○「赤い鳥」は世俗的な下卑た子供の読みものを排除して、子供の純性を保全開発するために、現代第一流の芸術家の真摯なる努力を集め、兼て、若き子供のための創作家の出現を迎ふる、一大区劃的運動の先駆である。

○「赤い鳥」は、只単に、話材の純清を誇らんとするのみならず、全誌面の表現そのものに於て、子供の文章の手本を授けんとする。

○今の子供の作文を見よ。少くとも子供の作文の選択さるゝ標準を見よ。子供も大人も、甚だしく、現今の下等なる新聞雑誌記事の表現に毒されてゐる。「赤い鳥」誌上鈴木三重吉選出の「募集作文」は、すべての子供と、子供の教養を引受けてゐる人々と、その他のすべての国民とに向つて、真個の作文の活例を教へる機関である。

○「赤い鳥」の運動に賛同せる作家は、泉鏡花、小山内薫、徳田秋声、高浜虚子、野上豊一郎、野上弥生子、小宮豊隆、有島生馬、芥川龍之介、北原白秋、島崎藤村、森森《ママ》太郎、森田草平、鈴木三重吉其他十数名、現代の名作家の全部を網羅してゐる。

その当時流行していて、「下劣極まる」と一刀両断切り捨てられたのは、明治時代に書かれたお伽噺などでしょう。

西洋と違って、残念ながら日本には、子ども文学の伝統が無い！　と、これも強い口調できめつけています。だから『赤い鳥』は現代第一流の作家（と、泉鏡花以下ずらりとならべて）をそろえて、子どものための文学を書いてもらおうとする一大キャンペーンを展開すると、その意気込みをつづっています。そして今の子どもの作文もひどいものだから、その手本をさずけてやろう、教えてやろうとするものである、と言っています。

この標榜語は、以後少しずつ改定はされますが、日本人は子どもに優れた読み物を授ける真の芸術家をもったことがない点と、『赤い鳥』は第一流の芸術家を動員して子どもに純麗な読み物を与えようとしている点とは、共通して主張されています。

この文章をくり返し読んでいて、〝西洋人と違って、われわれ日本人は、あわれにもほとんどいまだかつて、子供のために純麗な読み物を授ける、真の芸術家の存在を誇り得た例がない〟のくだりに、どきんとするものを感じたのです。『赤い鳥』が創刊されたのは、一九一八（大正七）年ですから、西洋でアンデルセンが出たのはその約八十年前、ルイス・キャロルの『不思議の国のアリス』でも約五十年も前になるのですから、わが国の児童文学が西洋におくれをとったことは事実ですが、そういう芸術家が出なかったから、私たちは、子どもになにも与えることが出来なかったのでしょうか。

もちろんそうではありません。老人から幼な子へ語りつがれてきた昔話、その土地その土地に伝えられる伝説、日本にもお話の伝統は、どこにでもあるではないか。昔話で育った賢治さんは、黙っていられなかったのでしょう。

「われ〳〵日本人は、哀れにも」と言われて、賢治さんはその反論をおだやかに「わたしたちは」と切り出し、得意の比喩を使って、「氷砂糖をほしいくらゐもたないでも」（西洋のように子どもの文学を書いた作家はもたなくても）すばらしい昔話や伝説がいっぱいありますよと、謙虚に言ったのではないでしょうか。

そんなふうに読むと、賢治さんが「わたくしのおはなしは、みんな林や野はらや鉄道線路やらで、虹や月あかりからもらつてきたのです」と、一見へりくだって、美しい節まわしで自作を語ったことも、「標榜語」の「現代第一流の芸術家の真摯なる努力を集め」て子どもに文学を授けようという趣旨に、反発したものと読むことができます。

この二つの文章を並べてみると、一方は態度の大きい、漢字漢語の多い文章ですし、また一方は下手にでた、かな書きの、比喩の多い文章であることも、対照的です。

『イーハトヴ童話　注文の多い料理店』の童話のそれぞれには、まさに「林や野はらや鉄道線路やらで、虹や月あかりから」もらって書いたとあります。大正十二年に賢治さんはその「序」を書きました。その「序」は、大正七年に三重吉が書いた「標榜語」をすごく意識していて、鈴木三重吉の童話観への反論ではなかったろうか、と私は推測しました。

「序」と「標榜語」とは、こんなふうに関係を持たせずに、別々に読むことはできます。これまではそうでした。でも賢治さんの「序」には、それではすまされない、すましてほしくない何かを感じるのです。

2『赤い鳥』に賢治童話が無い！

昭和八（一九三三）年に亡くなった賢治さんの伝記は、年月はもちろん日時を追って調べ尽くされているといってよいでしょう。三十七歳で亡くなったその一生は、永いものではありませんが、人の一生はどんなに明らかにされても、なお不明な部分があるのは当然かもしれません。

その賢治さんの生涯で、わたしがいちばん疑問に思っているのが、賢治さんが童話を書きはじめた時期についてです。賢治さんにはいろいろな肩書がありますが、まず童話作家であり、詩人であります。その主たる仕事の一つ、童話の出発点に納得がいかないようでは、賢治さんを考えるときしっくりいきません。

それからもう一つ。賢治さんの生きた大正時代は、近代童話が興り、たくさん書かれた時代です。その中心になったのが、鈴木三重吉が創刊した児童雑誌『赤い鳥』です。『赤い鳥』は、大正七（一九一八）年七月から昭和十一（一九三六）年八月まで（途中、昭和四年三月休刊、昭和六年一月復刊ということはありましたが）全一九七冊発行されました。

この『赤い鳥』の時代と賢治さんが生き、童話を書いた時代とは、ぴったり重なるのに、その『赤い鳥』に、童話の賢治さんの足跡は、どこにもありません。

賢治さんは『赤い鳥』に、童話を書いていないのに、『赤い鳥』の童話観を、自分の童話観で批判しました。いや、賢治さんは『赤い鳥』に書かなかったからこそ、批判したのではないか。私は、そう考えました。

そこで、賢治さんと『赤い鳥』との関連をさぐることと、賢治さんがいつから童話を書きはじめたのか、その時期を見極めることを目標に、賢治さんの世界・イーハトヴへ旅立とうと思うのです。

3　賢治さん、就活す――大正七年

賢治さんは幼年時代、親戚筋のおばあさんから、よく昔話を聞いて育ったということですが、賢治さん自身の文学への出発は、短歌です。

中の字の徽章を買ふとつれだちてなまあたたかき風に出でたり

父よ父よなどて舎監の前にしてかのとき銀の時計を捲きし

県立盛岡中学校に入学したころから短歌を作りはじめました。先輩の石川啄木の影響があったとされています。

方十里稗貫《ひえぬき》のみかも稲熟れてみ祭三日そらはれわたる

病《いたつき》のゆゑにもくちんいのちなりみのりに棄てばうれしからまし

死期が近づいた昭和八年九月も半ば、地元鳥谷ケ崎《とやがさき》神社の祭礼が賑やかに豊年を祝います。でもこの年の三月には、三陸一帯に大地震と大津波がおそい大きな被害をもたらしました。四月の終わりに雪が降るという冷害もありました。こんなに稲が実ったのは、わたしたちの稗貫地方だけだろうかと、祭囃子を聞きながら故郷を案ずる絶筆も、短歌でした。

賢治さんは生涯で短歌を八百首以上作っていますが、まとめられた「歌稿（自筆本）」（つまり自分の歌を自分でまとめた歌集です）の終わりは、「大正八年八月より」で、そこに、父との関西旅行の折の「大正十年四月」がつけ加えられた形になっています。この「歌稿」でみると、短歌を二一五首と最も量産したのは大正六年で、盛岡高等農林学校の最終学年の三年の時であります。それが高等農林の研究生になった、翌七年には六十四首と激減し八年にはさらに減ります。

「歌稿」に「大正九年」の作が無く、十年の歌が、父に誘われて出た旅でたまたま詠んだ歌とすれば、賢治さんの歌の時代は、大正六年が山場で、八年の頃にはほぼ終わったと見ることができます。辞世の歌のように、その後も少しは作ったのですが。

残された、賢治さんの短歌の評価は今さまざまですが、旺盛に作ってきた短歌を、賢治さんはなぜここでやめてしまったのでしょう。その、作歌の数が激減した大正七年からの賢治さんを追跡してみましょう。

賢治さんの日記は見つかっておりません。いつもノートを携帯していて、目がとらえるものを丹念にスケッチしたと伝えられている賢治さんですが、不思議なことに日記は残していないようです。ぜんぜん付けていなかったのか、何かで散逸してしまったのか、まだどこかに眠っているのか、それは判りませんが、賢治さんやそのまわりの人の記述のなかにも、日記らしいものの存在を認めることは出来ません。

ですからここでは、客観的な事実と、賢治さんが人に送った手紙の内容を中心に見ていくことにします。それ以外の関係する人の証言や追憶は［　］に入れて区別することにしました。

大正七年二月、満二十一歳の賢治さんは、盛岡高等農林学校本科の卒業を前に、先生（関教授）から、研究生として学校に残って、地元稗貫郡の「土性の調査」に参加しないか、と誘われます。しかしそれは、自分が将来考えている化学工業方面の仕事の役にはたたないだろうと、乗り気ではありません。同様に徴兵検査を延期したらどうかという父の勧めにも、気がすすまないようです。そして四月になったら学校の図書館に通い、「飴製造工業」や「沃度製造或は海草灰の製造、或は木材乾留乃至は炭焼業」などの小工業をめざしたいという意向です。

そういうことを父に書き送った翌日、（ちなみにこの頃賢治さんは、盛岡で下宿していましたから、父親との意見の交換も、手紙でしているのですが）これまでの父母の御恩に対して、どうしたら恩返しできるか、「自ら勉励して法華経の心をも悟り」、働いて自分の生活を確立し、人々を教化しその上お金をためて支那印度まで法華経を広められたら、それがかなうのではないか、そのために「名をも知らぬ炭焼きか漁師の中に働きながら静かに勉強」したいし、それが正しければ東京さらに遠くへ勉強に行くことができる。だからまず、山中でも海辺でもあるいは市中でも、小さな工場を作って働きたく勉強したく思うから、それを認めてほしいと訴えます。

その数日後、（どういうわけか、考えを変えて）研究生として残ることを、先生に伝えます。

（仲間と作っていた同人誌『アザリア』5号に、短文「復活の前」を発表）

三月、盛岡高等農林学校本科を卒業するのですが、その直前、親友保阪嘉内氏が退学させられたことを知り、いくつか行動を起こします。

四月から六月。土性調査がはじまり、山を歩きます。その仕事で土壌分析をするのですが、たびたび失敗し先生にもしかられたようです。仕事のあいだまったく本も読めないし、その土壌の化学分析は、自分には無駄な仕事だと思えて、父に訴えるのですが、父からは忍耐力のなさをとがめられます。

（「大正七年五月より」短歌五十三首（十二月まで））

六月。この仕事も来年の四月いっぱいまでと考えて、自分の希望する職業をいろいろ模索します。岩石や鉱物を扱いたいのだが、これは山師的だから職業とはしたくない。セメントの原料とか石灰岩とか石材とかを売りたいのだが、まずは小規模に炭焼きの煙から薬品の分離などすれば十分だなどと、やはり父に書きます。

(『アザリア』6号に短文『峰や谷は』を発表)

質・古着商を営む父に、工業原料の売買への転職をすすめながら、その事業で成功したら、東京へ出てもう一度語学や数学を勉強したいと、したためます。

七月。岩手病院で診察を受けた結果肋膜炎と言われます。後年の結核のはじまりと見られ、本人も弱気になり、勉強はひかえ、来春からは気仙沼あたりで静かな仕事に従事したい、と父に書きます。関教授に退学を伝え、友だちの保阪氏にも「これからさきとても私には労働らしいことはできません」と、書きます。

八月。この時期と推定される保阪氏への手紙に、仕事をなくし苦しい、ちょっと畑を掘っても疲れるし、重い物を持っても貧血をおこす、でも「やっぱり稼ぎたくて仕方がないのです。毎日八時間も十時間も勉強」しているが、なんとなく空虚に感じると、書き送ります。ここにいう勉強が何であるかは定めがたいのですが、三十五までは不断に勉強すると書いています。

[この八月、宮沢清六氏の「兄賢治の生涯」―「兄のトランク」とは別のもの―によると、この時期に「蜘蛛となめくぢと狸」「双子の星」を家族に読んで聞かせたとあります。]

十二月。宮沢家兄弟の学業が終わるまでは、家業は続けねばしかたないから、一日中古着の中にすわって、本を読むか利子の計算をしている。けれども、「早く人を相手にしないで自分が相手の仕事」をしたい。そして、「アンデルゼンの物語を勉強しながら次の歌をうたひました」と、友人保阪氏に書きます。「自分が相手の仕事」とか、アンデルセン童話を読むのではなくて「勉強」するというところに、賢治さんの心の中がのぞかれる感じがします。

　ところが、妹トシさんが東京で入院したという知らせがきて、年もおし詰まった二十六日、看病のために、賢治さんは母とともに上京し、そのまま越年します。

4　創作童謡童話募集―『赤い鳥』

　大正七年、高等農林の卒業を前に、賢治さんを悩ませた問題が二つありました。一つは徴兵検査で、父は延ばせといい賢治さんはその気でなかったのですが、結局は検査を受け、結果は第二乙種で、兵役は免除ということでした。二つは、先生から研究生として、地元の土性の調査に参加しないかと誘われますが、自分の将来の仕事に役立ちそうにないと、これも迷いました。結局は調査に加わり山に入りますが、性に合わなかったのか失敗もあって、七月には先生に辞退を伝えます。しかしその後も土性調査は九月まで続き、その後は家業の質屋の店番をしたようです。

　その間賢治さん自身には、結核の兆候があらわれ、妹トシさんも年末東京で発熱、入院します。そのトシさんの看病のため、賢治さんは母親らとともに上京します。

　高農卒業のこの年、賢治さんは普通の学生と同じように、これからの仕事のことを考えます。

小さな工場を経営し、製品を作るという計画は、ちょっと賢治さんらしくないようですが、今で言う農学部で学んだことや、小さい頃から「石っこ賢さん」と呼ばれるほど石や岩に興味をもった人ですから、順当と言えましょうか。その賢治さんは、父親にいろいろな案を出します。お菓子の飴《あめ》があるかと思えば沃度・海草灰に炭焼、それからセメントの原料に石灰岩や石材、翌年には模造真珠まで、これならやれるという製品を提示しますが、みんな一蹴されます。この卒業後の仕事の悩みについてとり上げた賢治論を、私はほとんど知りません。天才賢治さんと生活のための仕事など、およそ不似合いだから問題にされなかったのでしょうか。しかし普通に考えて、高農を出た一人の名もない学生の時点で考えれば、当たり前すぎる悩みのはずです。

仕事に関しての父親とのやりとりや土性調査の中で、賢治さんはいろんな心のうちを明かします。東京へ出てもう一度語学や数学を勉強したい、畑はきついし自分には労働らしいことは向かない、毎日八時間も十時間も勉強しているがなんとなく空虚だ、でも三十五までは不断に勉強する、人を相手にしないで自分が相手の仕事がしたい、そして極めつけと思われるのが、アンデルゼン（もちろん今いうアンデルセンのことです）の物語を勉強しながら。この時期の賢治さんを語るキーワードを三つ見つけることができます。一は、東京。二は、何の勉強とは特定できなくても勉強がしたい続けたいという勉強。三は、とにかく働きたいという仕事。しかしいわゆる肉体をつかう労働ではなく、たとえば自分が相手の仕事、というふうに変化します。

この年も法華経の普及や信仰の問題は随所に出てきます。賢治さんにとって法華経はいつでも頭のどこかにあったのですが、例えば二月二日の法華行者としての生き方も、まず先にしっかりした仕事に就きたい、それからの願望のように私は読みます。

　この時期に書いた作品は、高農の同人誌『アザリア』第五号に載せた「復活の前」、『アザリア』第六号の「峯や谷は」は、いずれも冥想的な短い文章です。短歌は校友会々報三五号の五首を含めて五十八首。年譜などではっきり判るのはそれだけです。問題は「蜘蛛となめくぢと狸」と「双子の星」を、賢治さんから「読んで聞かせられたことをその口調まではっきりおぼえている」という弟宮沢清六氏の「兄賢治の生涯」の回想です。そのまま読めばこの童話の執筆は大正七年ということでよいのですが、清六氏は『兄のトランク』という別の文章の中では、「蜘蛛やなめくじ、狸やねずみ、山男や風の又三郎の話」は、大正十年に読んでくれたと書いているので、どちらが本当なのかわかりません。この童話を除けば、この大正七年の賢治さんの、文学的な活動は短い文章二編と短歌五十八首というさびしいものになってしまいます。

　今でいう大学卒業の年、就くべき仕事のことで悩むのは、誰しもかわりありません。自分の希望がことごとく父親に粉砕された賢治さんの場合、落ち込んで当然ですが、落ち込んだから作品が書けなかったのか、そこをつっこんで考えたいのです。

　次の年に入るまえに、ぜひここで触れておきたいことがあります。それは大正七年七月鈴木三重吉が創刊した雑誌『赤い鳥』についてです。『赤い鳥』では、第一号から「創作童謡童話募集」をしていました。社告ではこんなふうに書かれています。「これは直接購読者以外のお方からも広く募ります。（略）童話は鈴木三重吉が選抜して、優秀なもの両三編づゝを紙上で推称します。十回以上推称された方は立派な作家として待遇します。（略）童話は二十字詰二百行以内、（略）」というものです。

今流にいえば、投稿原稿は四百字詰原稿用紙で十枚以内、三重吉みずからが選考して十回以上選出されればプロの作家として待遇するというのです。この七月といえば、賢治さんが職業選択につかれ、自分には労働らしいことはできないと弱音をはいた、その時期です。もし、もしですが、賢治さんがこの募集要項を見ていたとしたら、小躍りして喜んだのではないでしょうか。だからその十二月にはアンデルセンの勉強もするし、自分を相手の仕事と言った胸のうちも理解できます。弟清六氏の記憶はあいまいですが、八月に童話をきいたというのも、賢治さんが応募用に童話を書き始めたと考えればつじつまが合ってきます。つまりこの年に入って短歌の制作が落ち込んだ理由も、賢治さんの文学活動の方向が変わったからだと考えることもできるのです。

5　無職無宿のならずものの嘆き—大正八年

——でもあまり急がずに、大正八年にいきましょう。

大正八年一月。トシさんの病状も良くなり、十三日、看病のあいま賢治さんは上野の図書館へ行きます。そのあとも度々図書館通いをしますが、それは「滞在中の副業」で、「主に必要事項の検索のみ」としながら、図書館には資料も十分で「誠に面白」い、とごきげんな様子で父に報告しています。

一月二十七日、父あてに、どうか「私をこの儘当地に於て職業に従事する様御許可願」いたいと切り出します。いろいろ調べた結果、鉱物合成（宝石製造）は実験室くらいの大きさの場所でできるうえ、時期も今が絶好で、何も問題はないと書いたすぐ翌日、突然の申し出だが、生計を立てながら進むからと、具体的に「模造真珠」の製造をあげて、「実際に働くときは今こそ」と、許可を乞います。この賢治さんの申し出を、どうやらお父さんもいったんは承諾したらしく思われます。トシさんの退院も決まって、喜びいっぱいの賢治さんは、妹のために父に小田原への転地をすすめ、自分もさっそく仕事に取りかかりたいと、その方法をこまごまと記します。

一月三十一日、仕事の構想を一期、二期に分けて、具体的に示します。

［この頃萩原朔太郎の詩集『月に吠える』に出会ったという旧友の証言があります。］

二月二日。仕事の設備費は、五百円なら十分だが当面二百円くらいあればとし、しくじってもいいからどうかしくじらせる積りでお許しを願うと、父に懇願します。当時の二百円はどれくらいか。大正十年に賢治さんが稗貫農学校教諭になったときの給与は八級俸月給八十円（堀尾青史『年譜　宮澤賢治伝』による）ということですから、今の大卒初任給の二、三カ月分くらいでしょうか。

しかし、トシさんの転地にもすぐには賛成しかねるし、賢治さんの仕事にも不安を抱いている旨の父の手紙を読んで、「それ程沽稼ぐと云ふ事が心配なるもの」でしょうか。どうか「私に落ちつきてまじめに働くべき仕事を御命令」ください。「私に自由に働く事を御許し」くださいと、絶叫せんばかりの返書を書きます。

二月六日。父から「早速帰宅」を命じられ驚きますが、何とか都合をつけて帰るとし、三月三日、賢治さんは、母たちとトシさんにつれ添って花巻に帰ります。この二月六日から次の手紙まで約二カ月間、残された手紙はありません。自分にできる仕事を考え、勇み立って融資を願いますが父に断られて、落ち込んでしまったのでしょうか。

四月十五日の、高農同級生の成瀬金太郎氏あての手紙が残されています。「私は暗い生活をしてゐます。うすくらがりのなかで遥に青空をのぞみ、飛びたちもがきかなしんでゐます。」と、絶望的な質屋の店番の心境を吐露します。

同じ四月、親友保阪氏へは、「結局無茶苦茶です」「なるやうになれ。どうでもなるやうになれ。流れろ。流れろ。」と自暴自棄的になっています。

(「猫」「ラジュウムの雁」の初稿原稿冒頭に、大正八年五月の書き込みがあります。「女」もこの頃から翌年にかけて書かれたようです。)

七月とされる友人保阪氏への手紙に、「私はいまや無職、無宿、のならずもの」と、今度は自己嫌悪、自己否定的なことばを、狂ったように書き連ねたあと、自分は小さいときから、体の訓練ができてないから、普通の農業労働は耐えがたい。「あゝ私のからだに最適なる労働を与へよ」「きさまは農業の学校を出て金を貸し、古着をうるのかと云ふ人もあるでせう。これより仕方ない。仕方ないのですから仕方がないのです。」と、書きます。

八月二十日前後の保阪氏への手紙は、こんなふうに綴られています。「私の父はちかごろ毎日申します。『きさまは世間のこの苦しい中で農林の学校を出ながら何のざまだ。何か考へろ。みんなのためになれ。（中略）きさまはとうとう人生の第一義を忘れて邪道にふみ入ったな。』（中略）私は邪道を行く。見よこの邪見者のすがた。学校でならったことはもう糞をくらへ。（略）」

（「大正八年八月より」の短歌五十一首が「歌稿」にあります。）

（九月二十一日、保阪氏に半紙刷りの、竜の話「［手紙　一］」を送ります。）

（「うろこ雲」原稿冒頭に、大正八年秋、の書き込みがあります。）

（十二月二十三日、保阪氏に、ガンジス河の娼婦の話「［手紙　二］」を送ります。）

『新校本全集』の年譜には、この年浮世絵の収集に熱中とあります。


大正八年を、前年のキーワードで読んでみますと、まず第一の東京行きは、最愛の妹トシさんの発病ということで、思いがけず実現します。看病しつつ上野の図書館にも通って、心を満たした毎日のようでしたが、トシさんの病が回復して花巻に帰ることで終わってしまいます。第二の勉強は、図書館通いは出来ましたが、妹の看病をしながらということもあって、勉強の成果のようなものは記されていません。第三の仕事については、東京で製造業を開くことは、時期も絶好、設備費も当面二百円でいいから、しくじらせるつもりでお許しをと懇願するのですが、父の許しは出ません。その結果、それほどわたしが稼ぐことが心配ですか、働く自由をくださいと絶叫になり、さらに、どうにでもなるようになれ、わたしはいまや無職無宿のならずものと、無力感に陥っていきます。そんな賢治さんに、学校を出ながらなんというざまだ、きさまは人生の第一義を忘れたなと、父から厳しい言葉が浴びせられます。賢治さんとしては、綿密に仕事の計画を立てたのですが、経営経験豊かな父から見れば、よほど甘かったのでしょう。父の理解を得られないまま、賢治さんは完全に仕事への意欲を失っていきます。

大正八年の春から夏への、友保阪氏への手紙は、仕事への絶望と自己否定を、ぎりぎり友に訴えるばかりで、友を折伏しようとの余裕は見当たりません。

作品については、短歌が五十一首あります。大正十年の父との旅の歌を除けば、「歌稿」の最後の歌群五十一首です。目立つのは「初期短篇綴等」とくくられる「女」「猫」など随想風な短篇数編。それと「手紙　一」「手紙　二」の仏教童話のような二編です。「手紙　一」は、恐ろしい竜がもう悪いことをしないと自らに誓い、身を滅ぼしてまで衆生にまことの道を教え、お釈迦様になったという話。「手紙　二」は、ガンヂス河を逆流させた卑しい女が、おまえなどにどうしてそんな力があるのかと大王に問われて、「まことのこころ」によるまことの力がそうさせたのだと答える話です。この後大正十年のところで出てきますが、賢治さんが国柱会の高知尾智耀師に「法華文学」を示唆されて童話を書いたとすれば、この二つの「手紙」は格好の作品のように見えますが、実際は高知尾師の言を待つまでもなく、賢治さんは書いていたということになります。

6　勉強のために来春東京に出る――大正九年

大正九年に入ります。

大正九年二月頃、保阪氏にあてた手紙。「古い布団綿、あかがついてひやりとする子供の着物、うすぐろい質物、凍ったのれん、青色のねたみ、乾燥な計算　その他。／これからさきのことは予定はしてありますがどう変るやら。とにかく私にはとても私の家を支へ行く力がありませんので多分これは許して貰へるでせう。」

五月二十日。盛岡高等農林学校研究生を終了。助教授の推薦を辞退します。

（六月　短編「うろこ雲」の原稿末尾に、1920 6. ―の書き込みがあります。）

六月～七月　保阪氏宛てに。「お互にしっかりやらなければなりません。突然ですが。私なんかこのごろは毎日プリプリ憤ってばかりゐます。何もしやくにさわる筈がさっぱりないのですがどうした訳やら人のぼんやりした顔を見ると、『え、ぐづぐづするない。』いかりがかっと燃えて身体は酒精に入った様な気がします。（中略）私は殆んど狂人にもなりさうなこの発作を機械的にその本当の名称で呼び出し手を合せます。人間の世界の修羅の成仏。そして悦びにみちて頁を操《く》ります。（中略）まだ、まだ、まだこんなことではだめだ。専門はくすぐったい。学者はおかしい。実業家とは何のことだ。まだまだまだ。しっかりやりませう…」と、この「しっかりやりませう」を二十一回続けます。

七月二十二日には同じ保阪氏宛てに、学生時代に二人で法華経の道を歩むと誓った願を、日蓮大上人の前にささげ、大上人の命に違反しないことを誓うと書きます。軍隊に入隊した保阪氏へも、日蓮上人への帰依が変わらないことを念を押しているように読めます。

八月十四日　やはり保阪氏宛てに、「来春は間違なくそちらへ出ます　事業だの、そんなことは私にはだめだ。宿直室でもさがしませう。まづい暮し様をするかもしれませんが前の通りつき合って下さい。今度は東京ではあなたの外には往来はしたくないと思ひます。真剣に勉強に出るのだから。」と書きます。これによるとこの時期に、賢治さんは質屋の店番に見切りをつけて、来年春には東京へ出ようと決心したようです。何のために？　もう事業のことはさっぱりあきらめています。まずい暮しになるかもしれないけれど、君以外の誰ともつき合わず、真剣に勉強に出ると、強い口調で言うのです。

（この夏「摂折御文僧俗御判」を編みます）

九月二十三日　保阪氏あてに「来春早々殊によれば四五月頃久久」にお会い出来るだろうと書きます。

（九月　短編「秋田街道」「沼森」「柳沢」の原稿末尾に 1920 9. ―の記入があります。）

十二月二日。保阪氏に、私は「国柱会信行部に入会致しました」、つまり日蓮大聖人に身命を捧げたから、「わが友保阪嘉内」も日蓮門下になることを祈ります、と書きます。国柱会とは、純正日蓮主義の宗教団体です。

　大正八・九年、賢治さんは親友保阪嘉内氏にたくさん手紙を書きました。この保阪嘉内氏と賢治さんの交友について書いたものに菅原千恵子の『宮沢賢治の青春―〝ただ一人の友〟保阪嘉内をめぐって―』という好著があります。嘉内氏との深い友愛を検証して、賢治さんが書いたいくたの童話や詩の成立をみごとに解明したものです。なかでも「銀河鉄道の夜」の主人公ジョバンニとカムパネルラのモデルを、賢治さんと妹トシさんとする従来の説をくつがえして、賢治さんと嘉内氏とした新説は十分説得力があります。

　その菅原は、この大正八・九年の賢治さんの手紙を、嘉内氏への熱烈な折伏と位置付けます。賢治さんと嘉内氏は大正六年七月半ば二人きりで岩手山に登って将来の理想を誓って以来、たしかに信じあう友でした。大正七年三月嘉内氏が、『アザリア』5号に載せた断想によるらしい筆禍事件で、退学させられて盛岡を去ってからも、文通による交際は続きました。賢治さんが卒業後の進路に悩むあいだ、嘉内氏は故郷山梨に帰って帰農の意思をかため、八年には青年団指導者講習に参加の後、一年志願兵として応召したりして、自分の道を歩きだしていました。その別の道に離れていく嘉内氏を賢治さんは追いかけるのです。しかしこの頃の賢治さんの頭の中は、法華経や嘉内氏への折伏ばかりであったかどうか、今賢治さんの嘉内氏への手紙を読んでみてもそうばかりとは言えないと思うのです。

例えば大正七年二月二日の父への手紙を、菅原は「賢治は進路問題を前にして、初めて自分が法華信者として生きてゆくことを父に告白する。」（第三章　激しく揺れた手紙の青春）といいます。でも賢治さんの手紙の内容は、自分はここまで両親に迷惑をかけてきた、そのご恩に報いたい、そのために何をすべきか。まずは法華経の心を悟り、自立し、人々を助け、さらに財産を得て法華経を世界に広めるならば、報恩がかなうのではないか。そのために山中海浜でも小さな工場を作って、独身で働きまた勉強したいというのであって、この時期の手紙の文面に共通する働きたい勉強したいに力点をおいて読むべきだと思うのです。

また大正九年の手紙も、七月二十二日の手紙で、嘉内氏の日蓮上人への帰依が変わらないようにと言い、十二月二日付で、嘉内氏に日蓮門下に入ることを願っていますが、それも折伏とまでは言えなくて、それ以外は、自分のおかれた状況や心のうち、来春には何かの勉強のために東京へ出ることが激しく書かれていると言っていいと思います。

この時期最も賢治さんの本心を語っているのは、八月十四日の手紙ではないかと思います。嘉内氏折伏よりもまた今までの仕事へのこだわりよりも、東京へ出て嘉内氏以外と交際もせず真剣に勉強に出るという、新しい意気込みに注目したいのです。

7　童話作家への正否をかけて

さて大正十年にいきます。

大正十年一月中旬の手紙があります。保阪氏にあてて、「あなたは春から東京へ出られますか／お仕事はきまってゐますか　／私の出来る様な仕事で何かお心当りがありませんか　／学術的な出版物の校正とか云ふ様な事なら大変希望します（中略）学校へは頼みたくないのです　／勉強したいのです　／偉くなる為ではありません　／この外には私は役に立てないからです」

そして一月二十三日、賢治さんは突然家出、上京します。

突然ですが、賢治さんのこの上京をもって、年譜的な記述は一旦終えます。賢治さんは上京してすぐ国柱会に行き門前払いのように帰されると、本郷に下宿し東大赤門前の文信社で校正のアルバイトをします。

この家出上京を突然の出来ごととするのは、家出後の一月三十日、親戚（父のいとこ）の関徳弥氏あての手紙の文言によります。「今回の出郷の事情は御推察下さい。（略）二十三日の暮方店の火鉢で一人考へて居りました。その時頭の上の棚から御書が二冊共ばったり背中に落ちました。さあもう今だ。今夜だ。（中略）急いで店からでました。」とあるのです。

一年前からの、賢治さんの手紙を見てきますと、大正九年八月十四日の保阪氏への手紙には「来春は間違いなくそちらへ出ます」と予告しています。家出の直前の手紙でも、春には上京する予定が書かれていています。春が一月に早まったことはありますが、賢治さんのなかでいずれ東京へ出ることは、信心の御書が肩に落ちてこようとこまいと、予定の行動だったと思われます。しかしどうして賢治さんは、親しくしている関徳弥氏にうそのようなことを言ったのでしょう。うそをついてまでの上京の目的は何だったのでしょう。

ふつうには、「父母の帰正」、つまり浄土真宗の父母を、自分が信ずる法華経・日蓮宗に宗旨替えさせたいということになっています。それはさきほどの関徳弥氏への手紙や、三月十日の宮本友一氏への手紙に「今回は私も小さくは父母の帰正を成ずる為に家を捨てゝ出京しました」とあるからです。父母の改宗をせまっていたことは事実のようですが、それがここにきて火急の事だったとは思えませんし、それも「小さくは」とあるからにはもっと大事な用件があったはずですから、この文面でただちに父母の帰正とはならないでしょう。

先に紹介した『宮沢賢治の青春』で菅原は、この賢治さんの上京について、「嘉内も今度こそ自分の思いや行動を理解してくれるにちがいない。うまくすれば自分と共に歩いてくれるかもしれないのだ。上京してまっ先に嘉内に連絡し、再び二十五日の夜に、本郷に間借りしたことを嘉内に手紙で伝え『切に大兄の御帰正を』と訴える。」として、嘉内氏折伏がぎりぎりのところまで来たからだとしています。

しかし賢治さんがどんなに焦ったところで、嘉内氏は山梨にいるのです。だから東京でなく山梨に行ったというのなら解るのですが。家出直前の一月中旬の手紙も、どう読んでも折伏とはつながらず、賢治さんは自分の仕事のことにこだわっていますから、わたしにはこの上京の理由は嘉内氏とは別のところにあると思えるのです。

それではなんのための上京だったのでしょう。

一月二十三日の家出を、関徳弥氏に報告した手紙の終わりに、こんなくだりがあります。「さあこゝで種を蒔きますぞ。もう今の仕事（出版、校正　著述）からはどんな目にあってもはなれません。」今の仕事というのは、上京後急いで見つけたアルバイトです。「大学のノートを謄写版に刷りて出す事」と手紙に書いていますから、出版でも著述でもありません。それなのに「どんな目にあってもはなれ」ないと、執着を見せます。さらにその前の「さあこゝで種を蒔きますぞ」の「種」です。賢治さんは力をこめて、ここで種をまくと言っています。種をまくとは、何かを行うために拠りどころを得る、初めの一歩というくらいの意味でしょう。賢治さんはここで何かを始めようというのです。何か。それに続くのが「今の仕事（出版、校正　著述）」なのですから、何かを書いて出版して、つまり文芸の創作の足がかりを得たいと言っているのではないでしょうか。ここは今まであまり重要視されていないのですが、私は大事なことが語られていると思います。

そう推測する理由は、その半年後の大正十年七月十三日の、関徳弥氏あての手紙の文面です。「私の立場はもっと悲しいのです。あなたぎりにして黙っておいて下さい。信仰は一向動揺しませんからご安心ねがひます。そんなら何の動揺かしばらく聞かずに置いてください。（中略）私は書いたものを売らうと折角してゐます。それは不真面目だとか真面目だとか云って下さるな。愉快な愉快な人生です。（中略）図書館へ行っ（て）見ると毎日百人位の人が『小説の作り方』或は『創作への道』といふやうな本を借りやうとしてゐます。なるほど書く丈なら小説ぐらゐ雑作ないものはありませんからな。」うまく行けばベストセラーになった『地上』の作者島田清次郎のように七万円くらいたちまちにもうかってしまう。天才の名はあがる。そして終わりの方で、「今日の手紙は調子が変でせう。斯う云ふ調子ですよ。近頃の私は。」とあるのです。

この手紙で、賢治さんが悲しみ動揺しているのは、親友の保阪嘉内氏から、再会直前、「賢治にとって人生の目的、その望みや願いとはいったい具体的にどんなことなのか」と訊かれたからで、嘉内氏を国柱会に誘い折伏することしか考えていず、具体的なことは頭に無かった賢治さんは、不意をつかれ言葉を失ったのだと、菅原千恵子は解釈します。その直後二人は訣別しました。嘉内氏の日記の七月十八日のページに「宮沢賢治　面会来」と書きそれを大きく斜線で消しているのです。嘉内氏との別れのショックを、わたしも頭から否定しようとは思いません。しかし前にも言いましたようにそれだけではなかったように考えています。

ではその外に何があったのか、ここまでを整理しながら述べてみます。

短歌制作がおとろえた大正七、八年ころからこっち、賢治さんは創作意欲をなくしたわけではないと思います。エッセー風な短編小説と、ひょっとすると詩なども書き出していたかもしれません。しかしたくさん書いたのではありません。この大正七、八年こそ、賢治さんが童話を書き出した時期とわたしは推測しています。そのきっかけとなったのは『赤い鳥』です。鈴木三重吉みずからが優れた童話を選び、十回以上推称された者は「立派な作家として待遇」するというところです。

高農卒業前後から、賢治さんはこれから就く職業に腐心していました。学校で学んだ知識や経験を役立てるにこしたことはありません。しかし出す案出す案父親から拒絶されます。その結果賢治さんは、自暴自棄のようになっていくのですが、そのうちアンデルセンの勉強をはじめたと、ふっともらします。書いた童話は当然『赤い鳥』へ投稿されたでしょう。でも一編も採用されませんでした。採用されなかったことは現存する『赤い鳥』を調べればわかりますが、童話を書き出したこと投稿したことは推察の域をでません。残された賢治さんのたくさんの手紙の中にも、これらのことは何も書かれていません。

賢治さんの童話は人間臭いところ、仕事探しや稼ぎの問題から出発したのではないでしょうか。普通の労働はできないと悟った賢治さんは、『赤い鳥』によって童話作家の道を見つけます。童話を書いてメシを食う。結果から見て適っていたはずですが、そんな甘い考えは実業家の父には何があっても言えません。誰にも言わず隠し続けていたのです。賢治さんの童話を読む側も、天才賢治さんが投稿したりボツになったりそんなことは、信じがたいことですから、あまり問題にしなかったのでしょう。とにかく童話をひと月に三千枚書いたという話が通用する人なのですから。

賢治さんは『赤い鳥』に投稿しましたが、採用掲載はおろか良い評価を得たこともありませんでした。書いて投稿するうち賢治さんは自分の童話がなぜ認められないか、選者である鈴木三重吉に直接訊いてみたくなったと思います。自分の作品にある程度自信があり、それが認められない場合だれでもそういう気分になります。賢治さんの場合、自分の仕事の結論を出す正念場でもあったはずです。父母の改宗とか友人の折伏とかでしたら、賢治さんの宗教活動として、そう秘密裏に行わなくてもよい、まわりに知られている行動です。稼ぐために仕事として童話を書くとは、幾種類も父に示した小工場経営よりもっとおぼつかない職業選択だったはずです。でもその正否を賭けて賢治さんは上京したのではないでしょうか。

8 〈賢治童話の出発は大正十年〉説を疑う

ところで、この上京は大正十年一月のことでしたが、賢治さんが童話を書きはじめたのは、大正十年というのが定説になっています。上京してから書き出したのではこの推察は成り立ちません。もう一度、この大正十年説を洗ってみましょう。

大正十年一月二十三日夕刻、賢治さんは突然上京します。翌朝、上野に着くとすぐ、以前に入会していた宗教団体・国柱会に行き、父を自分が信仰する日蓮宗に改宗させるために、ここで修行にはげみたいと伝えます。その時応対に出た人は、高知尾智耀《たかちおちよう》という人ですが、はやり気の賢治さんに、ひとまずは東京の親戚のもとに行くことをすすめ、後日ゆっくり相談にのりましょうと帰します。賢治さんは本郷菊坂町に下宿し、東大赤門前の文信社という小印刷所に校正係として勤めます。その後高知尾智耀師と賢治さんは会ったようです。その時の様子が、十年ほどあとの昭和六年に使用された手帳（この手帳には、有名な「雨ニモマケズ」も書かれています）に「◎高知尾師ノ奨メニヨリ／1、法華文学ノ制作／名ヲアラハサズ、／報ヲウケズ、／貢高ノ心ヲハナレ、」と記されています。ここから、賢治さんは高知尾師に奨められて「法華文学」を制作したとされるのです。時は大正十年です。でも法華文学というのも気になります。堀尾青史の『年譜　宮澤賢治伝』ではそこを「高知尾智耀は往時を語る」とこんなふうに伝えています。高知尾師が「あなたは将来どういう方面に進みたいかとたずねると、詩歌、文筆でいきたいと思うということでした。それで、純正日蓮主義の信仰というものは、それぞれ生業を通じて開顕するもので、文筆に従うものは筆をとって本領を発揮する、その中に信仰生活がある（略）」と言ったので「それを賢治君は『法華文学』ということばでうけとめたのでしょう。」

「法華文学」が純正日蓮主義信仰を反映しているものだとすると、にわかには賢治さんの童話と結びつけにくくなるように私は思いますが、これでいくと、賢治童話の出発は大正十年ということになります。

東京に出た以上、簡単には故郷へ帰らないと決心した賢治さんでしたが、同じ年の八月、「トシビヨウキスグカエレ」という、妹トシさんの発病の知らせで、固い決心もどこへやら、即刻花巻に帰ってきます。その頃の東京での生活を、弟清六氏が、「兄のトランク」に書いています。

一カ月に三千枚も書いたときには、原稿用紙から字が飛び出して、そこらあたりを飛びまわったもんだと話したこともある程だから、七カ月もそんなことをしている中には、原稿も随分増えたに相違ない。だから電報が来て帰宅するときに、あんなに巨きなトランクを買わねばならなかったのであろう。

さて、そのトランクを二人で、代りがわりにぶらさげて家へ帰ったとき、姉の病気もそれほどでなかったので、「今度はこんなものを書いて来たんじゃあ」と言いながら、そのトランクを開けたのだ。

それがいま残っているイーハトーヴォ童話集、花鳥童話や民譚集、村童スケッチその他全集三・四・五巻の初稿の大部分に、その後自分で投げすてた、童話などの不思議な作品群の一団だった。

「童児《わらし》こさえる代りに書いたのだもや」などと言いながら、兄はそれをみんなに読んでくれたのだった。

蜘蛛やなめくじ、狸やねずみ、山男や風の又三郎の話は、私共を喜ばせたし、なんという不思議なことばかりする兄だと思ったのだ。

（『兄のトランク』）

この弟清六氏の証言も、賢治さんが童話を書き始め量産したのは、東京へ家出した大正十年の一月から八月の間ということになりますが、清六氏は同じことを別の「兄賢治の生涯」には大正七年と書いていることは、前にも書きました。

その外に、初期童話が書かれた原稿用紙を、証拠としてとり上げる人もいます。

賢治童話の処女作といわれる「蜘蛛となめくぢと狸」は、「10 20（イ）イーグル印原稿紙」に書かれているといいます。ややこしいからこれを（イ）と略称しましょう。この（イ）の原稿用紙が使われたのは、「確定できない」としながらも、『新校本　宮澤賢治全集』（これも長いから以下『新校本全集』と略します）では、大正十年六月から同じ年の八月くらいとしています。作品に制作年月の記入はなくとも、この（イ）が、便箋代わりに使われていて、その手紙の日付からの結論です。

この（イ）原稿用紙に書かれた作品は、「蜘蛛となめくぢと狸」の他にもあります。やはり初期童話の「双子の星」「貝の火」、それからそれらよりごく短い「ひのきとひなげし（初期形）」「いてふの実」「月夜のけだもの（初期形）」などです。

どうして使用した原稿用紙なんかをたよりに、作品の制作年代を詮索するのかといいますと、童話作品にはそれを書いた日付が書かれていないからです。賢治さんは、たとえば心象スケッチとよばれる詩には、一つ一つていねいに制作した年月日を書きました。刊行された『春と修羅心象スケッチ』の「序」は「大正十三年一月廿日」、巻頭の「屈折率」は「（一九二二、一、六）」

次の「くらかけの雪」も同じですから、どちらも大正十一年の一月六日に作ったことになります。有名な「永訣の朝」「松の針」「無声慟哭」はいずれも「(一九二二、一一、二七)」とありますから、妹トシさんが亡くなったその日に書かれたことがわかります。

童話には、制作した日が書かれてないといいましたが、例外があります。それは刊行された『イーハトヴ童話　注文の多い料理店』に入っている九作品です。初版本の目次には次のような日付が付されています。

どんぐりと山猫　(一九二一・九・一九)
狼森と笊森、盗森　(一九二一・一一・……)
注文の多い料理店　(一九二一・一一・一〇)
烏の北斗七星　(一九二一・一二・二一)
水仙月の四日　(一九二二・一・一九)
山男の四月　(一九二二・四・七)
かしはばやしの夜　(一九二一・八・二五)
月夜のでんしんばしら　(一九二一・九・一四)
鹿踊りのはじまり　(一九二一・一九・一五)

「鹿踊りのはじまり」の「一九」は「九」のミスプリでしょう。

賢治さんは百余編の童話を書きましたが、生きているうちに本にして出版できたのは、童話集『注文の多い料理店』一冊でした。なんども書き直して原稿を完成させ、本にするときにその推敲し終わった年月日を末尾に記入したのでしょう。童話はいちどに書きあがるものではないし、じじつ未完の作品も多いのですから、他の童話はいまだ完成日時が記入されない状態と見ることができます。

『春と修羅』の方は、詩のことを「心象スケッチ」とよんだように、スケッチした日そのものに意味があったでしょうから、日記をつける時の日付のように記録したのだと考えられます。

くり返しますが、童話で制作年月日がはっきりしているのは、『注文の多い料理店』に収められた九編だけです。それは一九二一年、つまり大正十年制作のものが七編、一九二二年のものが二編です。これらは弟清六氏の「兄のトランク」に書かれている通りの制作年です。つまり「注文の多い料理店」などは大正十年上京後完成されたことは確かです。

ここまでに名の挙がった童話がぜんぶ、大正十年の、しかも八カ月たらずのうちに書かれたとされることが、私は不思議でなりません。書き方が違うし、作品の規模もちがうし、作品の中にこめられ動いている中心的な思想もぜんぜん異なっている、と思うからです。その違いについて細かく説明してみましょう。

9　処女作は大正七年ではないか

大正十年作とされる童話が、ぜんぜん違う傾向をもつといいましたが、ぜんぶがばらばらに異なるというのではなく、大きく三つの傾向がある、と見ます。

第一は、童話集『イーハトヴ童話　注文の多い料理店』に入っている短編の童話です。これらは唯一制作年月日がはっきりしている作品群でもあります。賢治の作品のなかでも完成度という点ではもっとも高く、おそらくもう手を入れる余地はないだろうというほどだと思います。なかでも「注文の多い料理店」は、人間に対するするどい批判を、卓抜でスピーディーな場面の展開でユーモアたっぷりに描き出します。「烏の北斗七星」は戦争のもつ悲しみであり、愛の美しさです。「水仙月の四日」は、多くの評者から日本で最も美しい雪の物語と称えられた作品です。「月夜のでんしんばしら」は、ナンセンス童話の傑作です。「鹿踊りのはじまり」は、方言のリズムやユーモアを存分に生かし、人間を超える自然の優位をうたいあげた傑作といって良いでしょう。

テーマの大きさ深さ純粋さ、文体の巧みさ美しさおかしさ、どこをとっても賢治童話の枠と言えるのではないかと思います。それからもう一つ、これらの作品には全部ではありませんが、人間が登場します。その人間と動物（あるいは人間以外のもの）とは同じ次元でそのまま交流するのではなく、別の次元を設定しています。これはファンタジー世界への入り口出口を意識した物語作りです。このことは他の二つとは際立って異なる特徴です。

第二は、「蜘蛛となめくぢと狸」「双子の星」「貝の火」です。これらは四百字詰原稿用紙に換算すると、順に二十二枚、三十三枚、四十枚程で、この時期の童話の中では長いものです。長いだけでなく、そこに出てくる主人公もテーマも、賢治童話に似つかわしくないとも言える、すさまじさや恐ろしさをもっています。

たとえば「蜘蛛となめくぢと狸」の蜘蛛は、ひもじいが故に、あやまる蚊を無情にも足一本残さず食らい、娘を案じるかげろうをひとのみにして腹を太らせ、虫けら会の相談役に推されたのを鼻にかけ、多くの子どももできるのですが、行方不明になったり赤痢になったりして死なせてしまいます。狸から軽蔑され嘲笑されると、いきりたち欲をだして、蓄財にはげみます。しかし貯めた網の食物は腐り、それが夫婦子どもに伝染し、家じゅう腐って、雨にながされてしまうという、なんともすさまじい主人公であり、その一生です。

林いちばんの親切ものを装うなめくぢは、たずねて来た腹をすかせたかたつむりに、少し水を飲ませたあと、「あなたと私とは云はば兄弟」などという殺し文句で、いやがる相手に相撲を強要し、相手が死ぬまでしつこく投げとばして、ペロリ食べてしまいます。へびにかまれたとかげをも治すふりをして食べてしまう。同じ手で、訪ずれた蛙を食うつもりでしたが、逆に塩をまかれて蛙に食われ、消滅してしまいます。

狸は「なまねこ、なまねこ」と変な念仏を唱えながら、うさぎや狼まで食い殺してしまいます。その末路は「からだの中に泥や水がたまって」ふくれ上がり、まっくろになって熱にうかされ、「おれは地獄行きのマラソンをやったのだ」と焦げ死ぬのです。

結局、蜘蛛となめくぢと狸は、地獄行きのマラソンをしていたと、結ばれる話です。

ここに出てくるのは、貧乏・凶暴・偽善・無情・出世欲・侮蔑・滅亡などなど、なんとも人間的で否定的なからみばかりで、それらは「双子の星」や「貝の火」にもどくどくと流れています。これらには人間は一人も出てきません。手法としてはお伽噺に近いかと思われます。

第三は、「いてふの実」「畑のへり（初期形）」や「ひのきとひなげし（初期形）」です。「いてふの実」は、母なる銀杏の木から旅立つ子どもの黄金の実を、希望や死の複雑なイメージで描き、「畑のへり」は、畑のトウモロコシの列をカマジン国の兵隊と思ってあわてる蛙をユーモラスに描いています。どれも軽くない主題をもちながら、七枚から十枚ちょっとの短さにまとめられた作品です。それは次の時期の原稿用紙にも引き継がれ、「よだかの星」や「さるのこしかけ」に続いていています。いずれも描写はお得意の比喩でいろどられ近代童話といった書き方です。賢治さんがアンデルセンを学んだとしたらその成果が現れた作品と言っていいでしょう。

以上挙げた第一グループから第三グループまでの、それぞれ特徴をもった童話は、ばらばらに書かれたとは考えにくく、それぞれのグループは同じ時期に書かれたと推定します。いちばん早く書かれたのは、第二の「蜘蛛となめくぢと狸」のグループ。次が第三の「いてふの実」のグループ。その後、第一の「注文の多い料理店」のグループ。

したがって「蜘蛛となめくぢと狸」などが、賢治さんの童話の書き始め、処女作ということになりますから、それは定説と一致します。それから第一グループが書かれたのは、大正十年の記述があり動かせませんから、その処女作は当然それ以前となります。処女作は何時書かれたのか。

そこから考えていきましょう。

いちばん早く書かれた「蜘蛛となめくぢと狸」などの第二グループの作品が書かれたのは、大正七年とみます。弟清六氏の「兄賢治の生涯」に書かれた記事に符合する時期です。この時期賢治さんは、高農卒業を前に卒業論文や職業選択などで忙しい毎日でした。短歌の制作は減っていましたが、その原因は童話制作に関連があると思います。なぜ童話に替わったのか。幼いころから昔話になじんでいましたから自然にこの道を選択したのかもしれません。がここはやはり『赤い鳥』の後押しがあったと見ざるをえません。大正七年七月発行の『赤い鳥』創刊号に載った作品は、芥川龍之介の「蜘蛛の糸」、鈴木三重吉の「大いたち」「ぶく〳〵長々火の目小僧」徳田秋聲の「手づま使」など昔話の系列といってよい作品でした。そういうのに刺激されたとしたら、賢治さんの作品もそれにならって不思議はありません。ただ『赤い鳥』を見て書いたとして、七月の発行からの一カ月足らずで、これらの作品が書けるものかという問題はあります。作品も今見る形ではなくて原型のようなものだったかもしれませんし、書き出したら集中して速い書きっぷりだったとも考えられます。これらは投稿規定の十枚を超えて長すぎるから、常識的に投稿はしなかった、あるいはまだ投稿は念頭になかったと思われますが、賢治さんという人はあまりそういうことにこだわらなかった節もあるのです。このあと大正十年十二月号と翌年一月号の雑誌『愛国婦人』に「雪渡り」が掲載されますが、当然これも投稿されたものですが、その投稿規定は「十八字詰百二十行以内」だから四百字詰に直せば五～六枚のところを、約三十枚の「雪渡り」を平然と投稿し採用されたりしたのですから、『赤い鳥』の場合も書きたいように書いていたとも考えられます。さすがに採用掲載とはいきませんでした。

第三グループの「いてふの実」などが書かれたのは、第二のグループ作品に続けて大正七、八年から遅くとも九年までくらいではないでしょうか。「蜘蛛となめくぢと狸」のような長い作品群から一転して、どうして十枚前後の短い童話になったのか。これははっきり『赤い鳥』を意識したからだと思います。つまり『赤い鳥』の応募規定に従ったと考えます。もし「蜘蛛となめくぢと狸」等を投稿してボツになっていたとしたら、やはりこれではいけないと規定に従ったと言えます。長い作品は投稿していなかったとしたら、ここで初めて投稿のための童話制作にとりかかったといえましょう。でもこれらの作品も信じられないことですが、採用になりませんでした。賢治さんならずとも、何故？　と問いたくなります。

賢治さんが童話を書き出した時期について、いま述べたように考えることは、使用原稿用紙からの推論や、高知尾智耀師の奨めをもって書いたと言われる大正十年説を無視しています。そこを説明しなければなりません。使用原稿用紙から見ると、その用紙が使われたのが大正十年の日付をもつ手紙からだということでした。賢治さんは作品を何回も書き直します。大正十年に使われたとされる用紙に残された作品は、その作品の大正十年の姿に過ぎないのではないでしょうか。「ひのきとひなげし（初期形）」の最終形は、昭和六年以降（『新宮澤賢治語彙辞典・年譜』）とされるくらいですから、十年の「いてふの実」はもっと前にその「初期形」が書かれていたと推量することも可能です。そもそも（イ）の原稿用紙の使用期間は正確には確定できないのですから、原稿用紙によって賢治さんの童話出発の年を決めることは無理だと思います。

高知尾智耀師の奨めによって書き出したのだから、大正十年の上京後に書き出したとするのも、疑問が多すぎます。高知尾師と話したのが二月、「かしはばやしの夜」が八月、わずか半年あまりのうちに処女作を経てここに到着することは可能でしょうか。またその間に書かれたのは「法華文学」と呼ぶにふさわしいものだったでしょうか。一人の宗教家からの示唆で、賢治さんはそんなに猛然と創作意欲をかき立てられたのでしょうか。このような考えには、法華経や天才の影が濃すぎるような気がします。

大正十年一月の突然の上京から童話を書きだしたとするより、それ以前の方が説得力があると私は思います。大正七年の『赤い鳥』が、賢治さんの童話の大きなきっかけになっていたとすれば、一月二十三日の上京は別の意味をもってきます。

この上京が突然のものでなく予定されたものであったことは説明しました。またその理由も両親の改宗とか友人の折伏でないことも述べました。では何のための上京だったのでしょう。前にも少し書いたように、『赤い鳥』の鈴木三重吉に会いに行ったのだと思います。自分の職業探しに倦み疲れ、やっと『赤い鳥』の童話募集の社告に活路を見出し投稿した、『赤い鳥』に載る童話を読んでも自分の書くものがそれより劣るとはどうしても思えない、それどころか誌上で語る三重吉の投稿作評はどうにも納得がいかない、心なしか自分の作品について言われているような気がするが、それならばなおさらただしておかねばこれからこの道での自分はない。踏み込んで推察すればこんなふうに賢治さんは考えたのだろうと思います。

その鈴木三重吉に会ったのは、いつか。細かく特定はできませんが、上京後遅くとも六月までの間と考えます。その頃『赤い鳥』に見切りをつけた様子がみえるからです。

10 赤い鳥社の編集室で

賢治さんは『赤い鳥』の編集室のすみのソファに腰掛けて待っていました。さっそうと入ってきた人が、鈴木三重吉だとすぐ分かりました。賢治さんは立ち上がり挨拶しようとしましたが、その人は賢治さんを眼の端に入れておきながらが気がつかぬふりで、事務員となにか話し出しました。その後、事務員が小声で三重吉に耳打ちしました。ようやく三重吉が賢治さんの方へ顔を向けました。賢治さんは直立し体を折って深いおじぎをしました

「花巻からわざわざおいででしたか」その人が近づいてきました。

「は、宮沢賢治と申します。投稿しましたわたくしの童話について、先生から直接ご批評をいただきたく、ぶしつけとは存じましたが……」もう一度賢治さんは、深いおじぎをしました。

その人は黙って賢治さんの頭から足のさきまで眺めました。名前に思い当たるところがあったように、賢治さんは感じました。

「とにかくね、〝誌面に制限がありますから、すべて長いものは困ります〟」

「はあ……」賢治さんは特に自分のことを言われているとは思いませんでした。

「文章についてですね、〝一ばん厭だつたのは、下手な文章で、やたらに装飾をつけて、一人でよがつてゐる〟ようなのがあるのですよ」

これも一般論を語っているのだと、賢治さんは思おうとしました。でもその人がこう重ねて言ったとき、本当に胸がつぶれるようで目の前がくらくらしました。

「〝童話に限らずすべて、文章は〟ね、〝言ひ現し方に飾りをつけるのは下等です〟よ。〝あたりまへの言葉を使つてそれが伝へる感情、感覚、理性が、全体のフレポア（香味）と、深さとになるやうな、さういふ意味の飾りでなければ取り柄にはなりません〟よ」

賢治さんは、力なく「はあ」と言ったきり、うつむいてしまいました。その人は賢治さんの反応をうかがっているようでした。賢治さんは、表現に飾りをつけるのは下等だという言葉にひっかかっていました。ほんとうのものや真実の心にせまるためには、言葉の選び方も大事だがいろいろ表現上の工夫もあっていいではないか。わたしのはただ飾りだけではない、と思い、言おうとした時、その人が重ねてこう言いました。

「〝童話は相変らずいゝ作がちつとも集りません〟ねえ。〝集まつた中にはごて〳〵と飾りを入れたキザな書方をしたのがずゐぶんあります。たゞ普通の口語で、当たりまへに話の筋を書いたらどうでせう〟〝私は童話といへどあながち在来の所謂《いわゆる》お伽噺《とぎばなし》や作り物語のやうな為組《しくみ》のあるもの、みを得たいといふのではありません。たとへば、子供のぢき目の前に並んでゐるものについて、軽く笑ひ楽しむやうな平面的な記事でもかまひませんから、ともかく、もつとわれ〳〵や子供たちの直接な感情に触れるやうな、活き〳〵したものを書いて見て下さいませんか〃」

子どもたちの感情に直接ふれるような、生き生きした童話というのは分かるけれど、この人はわたしの童話の文章もごてごて飾りたてたキザな書き方と思っているのだろうか。お伽噺や作り物語ばかりを求めていない、もっと軽く笑い楽しむような普通の記事でも良いとはどういう意味だろう？

賢治さんは、『赤い鳥』に載った入選創作童話をいくつか思い出していました。創刊間もないころは「黄金の卵」とか「金の牛」「鼠とお餅」など昔話ふうな五、六枚の童話が、それでもほぼ毎月選ばれていました。しかし年がかわると「桜の花」「銀の小函」「奈々ちゃん」「窓」という題の生活童話ふうの作品にかわり、それもだんだん掲載される数が減ってきていたのです。お伽噺ふうなのも、生活の一こまを描いたものも、自分の作品とはちょっと違うが、その違いが解ってもらえないものかと思いましたが、口ではなにも言えませんでした。そこへその人がまた言いました。

「〃私は、書き方は少々下手でも、全き意味での創造で且つ製作の態度の純なものを選みますから〃〃それを日常の口語で、人に話すとほりに虚飾なく書いて戴きたいものです〃」そして少し間をおいて、「ですからね、〃毎号入選の少年少女諸君の綴方をお読みになつて、私の推奨してゐる、あの純真な簡朴な表現の魅力に愕いて下さることを切望〃してますよ」

編集室の人たちはみんな自分の仕事を無言で続けていました。気まずいいたたまれない気持で席を立ち、黒い中折れ帽をとると、賢治さんはその人にていねいにおじぎをして室を出てきました。


もちろんこの編集室での、鈴木三重吉と賢治さんのやりとりは私の創作です。でも全部勝手に創作したわけではありません。三重吉の話の中の〃〃の中は、『赤い鳥』の「通信」欄に三重吉が筆を執った撰者評を引用したもので、三重吉自身の言葉です。

賢治さんが実際に三重吉に会ったのかどうかは諸説があります。その中で、赤い鳥社に勤めていた野町てい子という人が書いた「『赤い鳥』と私」という回想がありまして、三重吉は賢治さんに会ったのですが原稿は不採用で、「話がおわると、丁寧にお辞儀をして、沈うつな顔をして」帰ったとあるのを、この話は信憑性に問題があるとしつつ多田幸正がその著『賢治童話の方法』で伝えています。またその続きを、桑原三郎はその著『「赤い鳥」の時代—大正の児童文学—』の中で、三重吉が「たしかに、変っていて、面白いことは、面白い。しかし、子供のよみものとしては、『赤い鳥』には向かない」と、その人（賢治さん）にも言いその人が帰ってからも独り言のように言っていた、と書いています。

しかしほんとうのところ、漱石の門下で写生文をよくし「桑の実」「千鳥」で知られ、画期的な童話雑誌を創刊した鈴木三重吉は、どうして賢治さんの童話を認めなかったのでしょう。文章観の違いを言う人がいます。方言をきらったのだろうという人もいます。でも賢治さんの童話で方言をつかったものは、「鹿踊りのはじまり」の鹿語や「風の又三郎」の少年たちなど限られていますし、三重吉自身子どもたちの綴方では方言は「生き〳〵と躍動」感がでるから良いと言っているくらいです。さきほどあげた桑原は「三重吉のいき方には」「二流三流の児童作家には鼻もひっかけない。子供の雑誌ではありながら、『赤い鳥』には作家も詩人も作曲家も、劇作家も当代一流でなければ、おさまらない」ところがあったと書いていますが、それにしても新しい才能を見出すことはなんと難しいことでしょう。

大正十年一月、賢治さんは周囲の人を煙に巻くようにして花巻から出てきました。その目的は『赤い鳥』に認められ、童話作家として独り立ちすることでした。それが一月三十日の関徳弥氏の手紙にあった「さあこゝで種を蒔きますぞ」の「種」だったはずです。でもそれは賢治さんの意気込み通りにはいきませんでした。賢治さんは落ち込みました。この頃親友保阪嘉内氏との仲もこわれて訣別し、賢治さんは悲しみ動揺しました。その報告をしたのが、同じ関徳弥氏への「私の立場はもっと悲しいのです」という、前にも挙げた七月十三日の手紙です。

しかし賢治さんは悲しんでばかりはいられませんでした。上京したのはこれからの仕事を得るためでした。それも今までのようにこれが駄目ならあれと渡ってゆくことは許されません。「私は書いたものを売らうと折角してゐます」。そして小説で名を成した島田清次郎を例にとって、売るために原稿を猛烈な勢いで書いている自分を自嘲ぎみに報告しています。

11『赤い鳥』をあきらめて

その一カ月後の八月十一日。やはり関徳弥氏への手紙に「私のあの童謡にあんな一生懸命の御批評は本当に恐れ入ります」と書いています。賢治さんの童謡を読んだ関氏がその批評を送ったものとみえます。

『赤い鳥』に断られて、賢治さんは、もうこうなったらどこでも構わないくらいの気構えで、投稿先を探したのでしょうか。賢治さんが投稿したのは『愛国婦人』という雑誌でした。大正十年九月号の『愛国婦人』に童謡「あまの川」が載っています。

『愛国婦人』というのは、『新校本全集』によれば愛国婦人会の機関誌で、戦死者遺族と傷病軍人の援助などに沿った記事が主で、店頭販売はなく発行所への前金直接注文制の雑誌といいます。そこに「子供本位の童謡童話を募ります。童話は十八字詰百二十行以内、童謡は随意、但し成るべく短い方が結構です」とあります。

児童雑誌でもなく市販もされていないところにまで、応募先を探していた賢治さんの必死な姿が見えてきます。「あまの川」の載った九月号は、おそらく八月には発行されていたでしょう。すると投稿は二〜三カ月前。賢治さんが投稿したのは、大正十年五〜六月。おそらく三重吉に会って不首尾だったあとすぐ『赤い鳥』に見切りをつけたと思われます。また賢治さんが『赤い鳥』社を訪れたのは、六月までということになります。賢治さんの単独の童謡というのも珍しく、現存するのは「あまの川」だけのはずです。

この八月、賢治さんは「トシビヨウキスグカエレ」の電報を受けとります。妹トシさんの発病で、賢治さんは急いで花巻へ帰ります。この時の帰郷を伝えたのが、弟清六氏の『兄のトランク』です。「童児《わらし》こさえる代りに書いたのだもや」と賢治さんが照れ、「蜘蛛やなめくじ、狸やねずみ、山男や風の又三郎の話」をきかせたといいます。

その後八月二十日に短篇「竜と詩人」、二十五日に「かしはばやしの夜」、そしてその年のうちに『注文の多い料理店』に入れられた傑作をつぎつぎと産み出します。

花巻へ帰ってからも、雑誌社への投稿はつづいたでしょう。大正十年十二月号と翌年一月号の『愛国婦人』に童話「雪渡り」が宮澤賢二の名で載っています。童話「雪渡り」は、「キックキックトントンキックキックトントン」の狐の世界に、四郎とかん子が招待される話ですが、規定を無視してまた賢治さんらしく長いものを投稿したものです。掲載された誌面を写真で見ますと、二段組カット入りで、読者文芸欄ではなく本文並みに扱われています。名前はミスプリです。この「雪渡り」は賢治さんが「生前原稿料をもらった唯一の作品で、稿料は五円であった」と堀尾青史の『年譜　宮澤賢治伝』にあります。友人保阪嘉内氏にも「愛国婦人といふ雑誌にやっと童話が一二篇出ました」と書き送りました。「やっと」というところに賢治さんの本音が出ていると思うのですが、児童文学でない雑誌の編集者に破格のように扱われているところを、どう考えたらいいのでしょう。

故郷へ帰ってからの賢治さんは、少し落ち着きます。年末の十二月三日、稗貫郡立稗貫農学校の教諭となり、月給八十円をもらいます。

翌大正十一年には『春と修羅』の心象スケッチ（詩）を書き出します。

その一年後の大正十二年一月、賢治さんは東京にいた弟清六氏を訪ね、トランクいっぱいの童話原稿を『婦人画報』と、月刊絵本『コドモノクニ』の発行所東京社へ持参するよう頼みました。清六氏は出版社に行き編集者に会い原稿を見てもらいました。返事をききに後日出向くと雑誌に向きませんからと、すげなく断られたというエピソードが、堀尾青史の伝記に載っています。

この後、採用掲載がわかっているものは、大正十二年四月八日付『岩手毎日新聞』に「やまなし」、四月十五日付に「氷河鼠の毛皮」、五月十一日〜「シグナルとシグナレス」などです。

12　童話集の「序」は「標榜語」への挑戦

大正十二年は心象スケッチ（詩）の外童話もたくさん書かれます
そして十二月二十日、賢治さんは童話集『注文の多い料理店』の出版に先立って「序」を完成させます。最初に掲げた「わたしたちは、氷砂糖をほしいくらゐもたないでも、……」という、あの序です。童話集の自費出版はさらに一年後の翌十三年十二月一日になるのですが、ここまでの道のりは賢治さんにとっても意外に長いものに感じられたに違いありません。それ故にこの序は、宮沢賢治童話を認めなかった、雑誌『赤い鳥』の「標榜語《モットー》」の権威主義と、鈴木三重吉の童話観文体観への挑戦であり、賢治さんの穏やかで控えめな反発ではなかったか、と私は考える次第です。

このことに関してもう少し付け足しておきますと、雑誌『赤い鳥』の大正十四年の一月号に、「イーハトヴ童話　注文の多い料理店」の一頁大の広告が載ります。「△挿畫も…内容も…装幀も…心憎い程よく整うて皆様方の御愛寵を待つてゐます。／△讀む人の心を完全に惹きつけねばおかぬ真面目さと強い自信を以つて。」の後に「東北の雪の曠野を走る／素晴らしい快遊船《ヨット》だ！」とあります。『注文の多い料理店』の挿し絵をかいた菊池武雄氏が三重吉に本を送り、賢治さん自身が書いたらしい文案をもとに、編集の木内高音が作った広告を、三重吉は好意で無料掲載したと言われています。賢治さんの童話の掲載を断わり、認めることのなかった鈴木三重吉ですが、賢治さんと会って以来三年ばかり、賢治さんの童話は三重吉の脳裏にも生き続けていたのかもしれません。

2章　オツベルは死なない
―「オツベルと象」を読み直す―

1　オツベルかオッペルか

宮沢賢治さんの「オツベルと象」の話なんか、おさらいされなくたってよく知ってる、とあなたは言うかもしれない。善良でおとなしい白象が、オツベルという強欲な農場主のところに現れて、こき使われ、あんまりひどいから仲間の象たちに助けをもとめて、みんなで仕返しをし、オツベルが死んでしまうという話でしょ。……

でもその読み方は間違っていると、私は思うのです。あなただけでなく、たいていの人がきちんと読んでいないと、これから私は言うつもりでいるのですから、やはり初めに「オツベルと象」のあら筋をなぞっておいた方が、話が解ってもらいやすいと思うのです。

でもその前に、賢治さんの「オツベルと象」の成立事情についてちょっと書いておきます。「オツベルと象」は、大正十五（一九二六）年一月発行の『月曜』（尾形亀之助編）という雑誌の創刊号に発表されました。この作品は賢治さんの死後、三巻の文圃堂版全集（昭和九年、文圃堂書店発行。賢治さんの最初の不完全な全集ですが、生前名前も知られていない賢治さんの全集が、死後一年で出たというのも面白いことです。）で、「オッペルと象」という表題で広まりました。いまでも「オッペルと象」で親しんでいる人は多いと思います。

その後、発表誌の『月曜』が発見されて、そこには「オツベルと象」とあり、昭和四十九年筑摩書房版『校本宮澤賢治全集第十一巻』で改められました。しかし未だ大本の草稿は発見されていません。読み方も「オツベル」なのか「オッベル」なのか、読み方の問題は残っています。

2 「オツベルと象」のあらすじ

さて、その「オツベルと象」ですが、題名の次に「……ある牛飼ひがものがたる」という添え書きがあります。そして話は「第一日曜」「第二日曜」「第五日曜」と、三つの章に分けて語られます。

「第一日曜」

新式の稲扱《いなこき》器械を六台持って、十六人の百姓を使っているオツベルのところへ、ある日白象が現れます。百姓たちはこわくて逃げ腰なのですが、オツベルは白象にじょうずに近づいて、自分のものにしてしまいます。

オツベルは、地主さんとでもいいましょうか、機械や百姓を使って農業経営を大きくしていこうともくろんでいるようで、偶然現れた白象に目をつけるところなどは、なかなかの経営手腕を持っているといえます。そしてステーキだのほくほくしたオムレツが大好きという美食家でもあります。このやり手のオツベルにくらべて、百姓農民は、「かかり合つては大へんだから」と知らんぷりをするような臆病者に描かれています。

「第二日曜」

白象は二十馬力もの力を持っていたのです。その象に、オツベルは百キロもある鎖や四百キロもある分銅をとりつけて、労働をさせるのです。その上食料の藁は減らしていくのですが、象の方はわりと満足して、仕事をこなしていきます。税金を口実に、今ふうにいえば、徹底した労働強化と賃金（藁）カットで、労働者（白象）を搾取するという感じです。

「第五日曜」

しかしついに白象にも限界がきました。倒れて藁も食べず、「十日の月」を仰いで弱音を吐き、別れを告げます。「月」は「仲間へ手紙を書いたらい、や」と励まし、現れた「赤い着物の童子」が差し出す紙に「みんなで出て来て助けてくれ」と手紙を書きます。「赤衣の童子」の知らせで山の象はいっせいに立ち上がります。オツベルは、山の象の襲撃を六連発のピストルで迎え撃ちますが効なく、「五匹の象が一ぺんに、塀からどつと落ちて来」て「くしやくしやに潰」されてしまうのです。白象は仲間の象たちに助け出されます。「よかつたねえ」と祝福する仲間た

ちに、

「ああ、ありがたう。ほんとにぼくは助かつたよ。」白象はさびしくわらつてさう云つた。

おや、〔一字不明〕、川へはひつちやいけないつたら。

というのが、物語の終わりの二行です。

3 「オツベルと象」のこれまでの読まれ方

この物語が、これまでどう読まれてきたか、何が問題とされてきたか、発表された多くの「オツベルと象」論に目をとおして、共通する用語などを拾いながら、やや勝手にまとめてみます。

一　テーマは、ひどい搾取者に対する弱者の反抗というのが多い。貪欲な地主オツベルの死は、労使の階級闘争で労働者の勝利を意味している。またその対立を、資本主義社会の問題ではなく、農村や宗教上の葛藤と読む読み方もある。

二　「オツベルと象」が発表された大正十五（一九二六）年には、『猫の事務所』も発表され、それらは賢治の作品の中では社会主義的傾向が強く、農学校の教員を辞めて、羅須地人協会を設立しようとしていた頃の賢治の精神の昂りを示している。

三　白象が助けられた時、「『ああ、ありがたう。ほんとにぼく助かつたよ。』白象はさびしくわらつてさう云つた。」というくだりもいろいろな解釈がなされている。相手をやっつけて助けられたのにどうして寂しい笑いだったのだろうとか、でもとにかく白象が笑うことができたのは、山の仲間の救援によるものだから、団結の威力と尊さが表現されているのだ、などなど。

こんなまとめでは表面的過ぎる、というそしりを受けるかもしれません。それほど「オツベルと象」についての考察は深められて、研究成果そのものの理解がむつかしいと言っても過言ではありません。

そこで私は、テクストを一からできるだけ正確に注意深く読んでみようと考えました。でもテクストを正確に読むといっても、ことは簡単ではありません。ただ無心に読んでいくことが、正確に読むことにはなりません。私はまえから気になっていたことがありました。オツベルの死についてです。オツベルが象たちに殺されたからこそ、問題が社会主義にも労使関係にも及ぶのですが、「オツベルと象」の中には、オツベルが死んだという文字は、どこにもありません。それなのに、これまでの読み方のなかでオツベルの死を疑ったものは一つもありませんでした。オツベルの死はそれほど自明なことなのでしょうか。私は私なりの読みを、オツベルの死を念頭におきながら始めてみました。

4　オツベルの死の描き方

この作品のなかで、オツベルが死んだと思わせるところは二か所あります。

まず第一は、物語のおわりのところ、象たちがグララアガア、グララアガアとオツベルの農場に攻めてきて、オッベルは六連発のピストルで応戦する。「そのうち、象の片脚が、塀からこっちへはみ出した。それからも一つはみ出した。五匹の象が一ペンに、塀からどつと落ちて来た。オッベルはケ'ースを握つたまま、もうくしやくしやに潰れてゐた。」というところです。

たしかに、落ちてくる五頭の象の下敷きになれば、たいていの人間はつぶされ、ぺっちゃんこになって死んでしまうでしょう。でも「くしやくしやに潰れてゐた」という表現にはユーモアもあって、ただつぶれただけと読むこともできます。それはへ理屈だろうと言われるならば、次の描き方はどうでしょう。

それが第二です。この物語は、「ある牛飼ひ」が全編を語る形式をとっています。その第三章、第五日曜の書き出しはこんなふうになっています。

「オッベルかね、そのオッベルは、おれも云はうとしてたんだが、居なくなつたよ。」（傍線は筆者）となっています。

「居なくなつた」という表現じたいは、「死んだ」というのと同じ意味ではありません。「居る」は「〔人・動物が〕ある時間その場所を占める状態が認められる」（『新明解国語辞典』三省堂）ということで、「居なくなつた」は普通に考えれば、そこ（農場）から居なくなった、姿を消したくらいの意味であるはずです。もし死んだという意味なら「死んだよ」でよかったはずで、死という言葉を避けたいのでしたら、「この世から居なくなつたよ」ぐらいまでは書いたはずではないでしょうか。

この箇所には、もっと気になるところがあるのです。

5　オツベルの消息を訊いたのは誰？

書き出しの「オツベルかね、そのオツベルは、おれも云はうとしてたんだが、居なくなったよ」は、聞き手たちの質問に、「ある牛飼ひ」が答えた形です。「まあ落ちついてききたまへ。前にはなしたあの象を、オツベルはすこしひどくし過ぎた」と続くのですから、「第一日曜」「第二日曜」の白象の話を受けての答え、と考えられます。だから聞き手たちはあの白象の話を二回聞いた後しばらく（第三・四日曜の二週間は）聞けないでいて、「第五日曜」にその続きが聞けたことになります。「牛飼ひ」の何かの都合で連続三回の話の最後が二週間延びたのでしょう。

ところでこのとき、聞き手たちはどう質問したのでしょう。

答え方から質問を考えると、「オツベルはどうしたの？」でしょうか。あるいは物語の結末から言えば、「オツベルは死んだの？」も考えられますが、この時点では聞き手は物語の最後は知らないはずですから、「死んだの？」は、突飛すぎます。しかし仮に「死んだの？」と、質問しておれば、「居なくなつたよ」の答えは、「死んだ」ことは認めないで、文字通り「居なくなつた」ことに力点が置かれることになります。

それはさておき不可解なのは、聞き手たちが、なぜオツベルのことを質問したか、ということです。

「第一日曜」「第二日曜」の話で、聞き手が一番興味をもったのは、オツベルではなくて白象ではないでしょうか。特に「第二日曜」で白象が、オツベルからひどい労働を強いられ、食事を減らされた結果、「ああ、つかれたな、うれしいな、サンタマリア」などと言うのですから、その後その白象はどうなっただろうと、興味はそっちへつながっていくのが自然のはずです。

「第五日曜」の章は、前の二つの章が、オツベル中心で語られたのと異なって、章の前三分の一ほどは、白象の言動を中心に進められています。仮に聞き手たちが、「あれから、白象はどうしたの？」と質問していたら、「牛飼ひ」は、「白象かね、その白象は、」と、「第五日曜」の内容をそっくりそのまま語り出していってもつじつまの合う書き方をしているのです。

それなのに、悪役でその安否が特に問題にならないはずのオツベルの消息を質問したのは、誰だったのでしょう。「オツベルはどうしたの？」という質問は、よほどオツベルに興味をもったものの発言としか考えられません。

この物語の題は、「象とオツベル」ではなく、「オツベルと象」であり、第一日曜も第二日曜の冒頭も、「オツベルときたら大したもんだ。」と、オツベル中心に組み立てられ、白象は受け身の、従のかたちで描かれています。第五日曜日で、物語の行動の中心は白象に移りますが、語り手の関心はやはりオツベルにあって、「オツベルかね、そのオツベルは…」の書き出しを生んだのだと思われます。

つまりここでは、話の聞き手（あるいは私たち読者）の、かわいそうな白象への思い入れなど、まるで無視されているように思われます。話し手「牛飼ひ」の念頭にあるのは、何より先にまずオツベルのことだったのです。だから、この物語は、オツベル中心に読まなくてはならないように書かれているのに、これまでの読み方を見ると、どうやらオツベルより白象中心に読まれているようなところがあります。しかしだからといって、オツベルが生きていることにはならないことは、私もよく承知しています。

6　オツベルとは誰なのか

オツベルは、白象にひどい仕打ちをした悪いヤツだと、なんとなく読んでしまいます。先に挙げたこれまでの読み方もそうでした。白象の善に対してオツベルは悪、と読まれてきたのです。ところが、この語り手の「ある牛飼ひ」は、オツベルを絶賛しているのです。そのいくつかを挙げてみますと、百姓を十六人も雇い稲扱器械を六台もそなえる（当時としては）大規模な農業経営者であること。「六寸ぐらゐのビフテキだの雑巾ほどあるオムレツの、ほくほくしたの」が好みの大食漢で美食家であること。（ちょっと余談ですが、六寸は約十八センチですから、ビフテキの厚さとは考えられず、ビフテキの立派さを大きさで言っているようです。そこが、昔の日本人の感覚らしく面白いところですし、雑巾ほどのオムレツも、大きさのたとえでしょうが、賢治さんらしくない、おいしくない、きたないたとえでちょっと不思議です。）

「牛飼ひ」がオツベルを称える美点はまだまだあります。「大きな琥珀のパイプ」をくゆらせながら注意深く仕事場をぶらぶらする、金持ち趣味のもったいぶった態度。いや何より、資本家的経営能力や先見性に富む頭のよさ、人（象）使いの荒さ巧みさ。

これらすべてに「牛飼ひ」は驚嘆し、賛辞を送って、第一章でも第二章でも、その冒頭で「オツベルときたら大したもんだ」と、褒め上げているのです。

7 「オツベルときたら大したもんだ」は反語か？

このようにオツベルの美点が並べられると、これはどうみても、いつもの賢治さんらしくありません。だから「オツベルときたら大したもんだ」は、どうしても反語とか皮肉とかと思いたくなります。オツベルが死んで、象たちが勝利したと読む場合も、悪いオツベルだからそうなるので、やはり反語と読まれてきたのです。

でももしそれが反語ならば、その対極に置かれた白象や雇われた農民は、もっと好意的に良く描かれていいはずです。誠実で働き者の農民というふうに。しかし農民は、寸暇もなく労働に追われ、象が現れたときも「かかり合つては大へん」と、見て見ぬふりをして、事勿れ主義の敗北主義にどっぷり浸かっている姿で描かれています。

白象は、世間知らずでお人よしで、騙されやすく、「つかれたな、うれしいな」などと訳のわからないことをいい、意気地がなく「赤い竜の眼をして、ぢつとこんなにオツベルを見おろすやう」に恨みがましく、突然登場した「月」に泣きつき、仲間の象の援軍にやっと助けだされ、弱弱しく礼をいう、というふうに描かれています。

つまりオツベルは正真正銘の強者であり、「大したもん」なのです。それに対して百姓や白象は弱者であります。でも賢治さんの童話の中で異色ともいえる強い悪いオツベルに、大きな賛辞をおくったのは誰なのでしょう。それはこの話をしている「ある牛飼ひ」以外にありません。悪いオツベルを最大限の賛辞で褒めあげる「ある牛飼ひ」とはだれでしょうか。

8　副題「……ある牛飼ひがものがたる」の意味

この「オツベルと象」には副題といいますか、「……ある牛飼ひがものがたる」という添え書きがあることは、前に書きました。これは見落としてはならないことだと私は思うのですが、これまでの読み方の中に、これに注意を払ったのは、ほとんど無かったと言っていいのです。

この「ある牛飼ひ」こそ、ずばり言いましょう、オツベルその人だ、と私は読みます。

話し手の牛飼いはかつてのオツベルであったからこそ、自分を誇示したくて、「オツベルときたら大したもんだ」と威張るのです。実際かれはやり手だった自分を、百姓にくらべ「大したもんだ」と確信しているのです。農場主だったころはもちろん、落ちぶれた今でも。そしてなんとか自分の偉大さを聞き手に伝えたくてならないのです。話している内容は、オツベルのことより白象のことの方が、聞き手には面白い。しかし牛飼いは自分の自慢話がしたいのです。だから、聞き手は弱った白象がどうなったか気が気でないのに、そんなことおかまいなしに、「オツベルかね、そのオツベルは、おれも云はうとしてたんだが、居なくなつたよ。」と、聞かれてもいない自分のことを言ってしまったのです。しかし牛飼いは、白象に対してやったことはさすが悪いと反省したのか、自分の素姓は隠して、「居なくなつたよ」と白ぱっくれたのです。

この最初の一行「オツベルかね、そのオツベルは、おれも云はうと…」は、白象が救出され、「さびしくわらつて」物語が結末を迎えた後で、質問があって、「そのオツベル」だが、彼は「居なくなつたよ」、とあるべきところが、最初の一行目に倒置されたとも考えられます。それならばなおさらオツベルは死んだのではなく、農場から居なくなったという意味が強くなると思うのです。

「……牛飼ひがものがたる」に注意を払ったひとは、ほとんどなかったと言いましたが、「牛飼ひ」について、ここでの牛飼いは「うしかた（牛方）＝牛を使って荷物を運ぶ人」（『広辞苑』）であろうと、言った人はいます。たしかに単に「牛飼ひ」が語ったとあるのでしたら、荷物を運ぶ牛方がいいでしょう。あちこちで聞いた噂話を、面白おかしく披露する役目を、牛方は荷なっていたと私も思います。

ただこの場合、「ある牛飼ひがものがたる」という、「ある牛飼ひ」の「ある」を読み落としていると思います。単に「牛飼ひ」というのと、「ある牛飼ひ」というのとでは、その意味はぜんぜん違います。「ある」には、特定するには及ばないまでも、或いは名前を出すことはできないまでも、一人の「牛飼ひ」が想定されています。単に通りがかった、あるいは話し好きの一人の牛飼いが語ったという以上の意味をもっている、と私は確信します。

農場がつぶされ、そこから追い出され牛飼いになった、かつての農場主は、それほど自分の所業を悪だとは思っていないようです。少しの反省はあるでしょうが、百姓や白象を使って、繁盛していた農場の昔をなつかしんで、得意気に語り聞かせたのです。ですからここにオツベルはちゃんと生きているのです。作者である賢治さんは、あまり悟られぬように、用心深く「……ある牛飼ひがものがたる」と含みをもたせて、添え書きをつけました。

優れた作者は、物語を書く場合、余分な、あっても無くても良いようなことは書きません。書いてあれば、そこになにかの意味があるのです。これまでの「オツベルと象」論は、この一行を問題にしていません。語ったのは、情報屋の牛飼いであれば誰でもよいような、あるいはもっと極端にいえば、この一行などあっても無くても同じ、という立場で論じています。

それにしても、たった一行のことでおおげさではありません？　と思われた方はいませんか。そんな方のために、賢治さんの作品の添え書きについて調べてみました。

9　添え書きについて

賢治さんの作品に添え書きのついたものは他に、「小さな谷川の底を写した二枚の青い幻燈です」（「やまなし」）と「…ある小さな官衙に関する幻想…」（「寓話 猫の事務所」）の二例があります。

その役割は、それぞれまったく同じではありませんが、「やまなし」や「猫の事務所」の内容にかかわるそれなりの役割があることがわかります。

次に、「オツベルと象」は、いわば語りの文学です。作品は、普通作者が語るというふうに考えて読者は読んでいるわけですが、「オツベルと象」の場合、わざわざ「ある牛飼ひ」が語ったという形をとっています。そこで、今度は普通に、作者が語っているのではなく、誰かがその話をしているという形をもった作品がどのくらいあるか調べてみました。

賢治さんの作品のうち、体験的なリアリズムの作品（例えば「イギリス海岸」など）を除いて、虚構的な童話を、その物語の仕組みから分類しますと、まず話が直接語られるものが、やはり多いといえます。例えば「雪婆《ゆきば》んごは、遠くへ出かけて居りました。」と書き出される「水仙月の四日」をはじめとして、「注文の多い料理店」「銀河鉄道の夜」「セロ弾きのゴーシュ」など大部分がこれに属します。

そうでなくて、誰かが誰かに語る形式、つまり語り手・聞き手が設定されているものは、ちょっとややっかいですが、次のようになります。
1　物語に登場する人物の一人が、聞き手の「私」に物語るもの。例えば「林の底」のように、「一ぴきのとしよりの梟」が「私」に物語るものがあります。
2　1と違って、物語に直接は関係のないものが話し手として登場し、物語を語るものがあります。
これは、賢治童話ファンならとっくにご存知の、イーハトヴ童話『注文の多い料理店』の

「序」の中で、「わたくしのおはなしは」「虹や月あかりからもらつてきた」と、賢治さんがいった通りの、風や巖が聞かせてくれたという仕組みのもので、「狼森《おいのもり》と笊森《ざるもり》、盗森《ぬすともり》」「鹿踊《ししをど》りのはじまり」「氷河鼠の毛皮」「サガレンと八月」などがあります。この場合の聞き手は、私たちと考えていいでしょう。

3「オツベルと象」は、風や巌でなく、語り手として「牛飼ひ」が登場して、こども達らしい数人に物語るというもので、この、風や巌でもなく、登場人物でもないものが語る形は、「オツベルと象」しか例がないのです。（オツベルが実は「牛飼ひ」だというのは、物語のなかでは伏せてありますから、牛飼いは物語には登場しない、直接関係ないと考えた上での話です）

4もう一つは、「私」「わたくし」（作者とは限らない）が登場して、読者すなわち不特定なものに物語るというものです。例えば「茨海《ばらうみ》小学校」「ポラーノの広場」などでは、主人公の「私」「わたくし」が登場して物語の世界へ案内してくれます。「ぼくらの方の、ざしき童子《ぼっこ》のはなしです。」という冒頭の一行をもつ「ざしき童子のはなし」や「とっこべとらこ」など、伝承的な物語もここに入れていいと思います。

まとめますと、賢治さんのいわゆる童話は、まず何も介さずに直接語られるものが多い。それから賢治さん特有の作話法である、自然界の風や巌に語らせるものも多い。一方物語と切りはなされた話者が、登場する形式は数が少なく、「オツベルと象」のような場合は例外的だということです。

全体的に見ると、以上のようなことが言えるのですが、「オツベルと象」に似ている形に「風野又三郎」（有名な「風の又三郎」の先行形です）があります。

「風野又三郎」は、最初の、〔九月一日〕での物語への入り方は、直接的といっていいのですが、〔九月二日〕の途中からあとは、「又三郎」が村のこども達に、風の話をするという形になって、終わりの方に続いています。

「又三郎」は風である自身の体験を縦横にこども達に語ります。その語り方には、「オツベルと象」の「牛飼ひ」と共通する点があります。

例えば、又三郎が「さう僕のはなしへ口を入れないで黙っておいで。」と断って話し始めるますが、こども達はすぐ質問をします。その時又三郎が「うるさいねえ、ゐねむりたって僕がねむるんぢゃないんだよ。お前たちがさう云ふんぢゃないか。お前たちは僕らのぢっと立ったり座ったりしてゐるのを、風がねむると云ふんぢゃないか。僕はわざとお前たちにわかるやうに云ってるんだよ。うるさいねえ。もう僕、行っちまふぞ。黙って聞くんだ。」というように、こども達が口をはさむのをうるさがっているところは、「牛飼ひ」が「なぜぎよつとした？　よくきねえ、」とうるさがっているところに同じです。

10　最後の二行の二つの問題

さて「オツベルと象」には、そのほかにもよく解らないところがあります。物語の最後の二行もよく問題にされます。

　「ああ、ありがたう。ほんとにぼくは助かつたよ。」白象はさびしくわらつてさう云つた。
　おや、〔一字不明〕、川へはひつちやいけないつたら。

という箇所です。

今のテクストは、上のように終わっています。白象がさびしくわらってお礼をいったというところで終われば、とにかく作品の座りはいいのですが、最後の一行は、誰が誰に言ったのか、その前までとどういうつながりがあるのか、よく解らない一行です。だからこの物語最大の謎、とまでいう人もいます。

そこで発表誌の『月曜』ではどうなっているかと、調べてみますと、テクストと同じで「ああ、ありがたう。……」の次に、一行も空けず続けて「おや、■、川へはいつちやいけないつたら。」とあるのです。現行のテクストが〔一字不明〕としたところが、■になっているだけでした。

この不明な一字は何か。「君」を入れて、修正したテクストをみたことがあります。話し手の牛飼いが、聞き手の誰かが駆け出していくのを呼び止めた、と考えたのでしょうか。不明なのは漢字一字分、多分これは間違いないと思います。でも、「君」では、この物語を読んでいて、話し手の聞き手の一人を呼ぶのにふさわしいとは思えません。

今と違ってこの頃は、雑誌でも活字を拾って組んで印刷したでしょう。ちょうど、「銀河鉄道の夜」の「二、活版所」でジョバンニがしているように。■はミスプリではなく、活字を拾う人が、原稿にあるあまりに意外な文字に驚いて、保留にして■をはめたのではないかと、私は推理します。

実はこれも、「……ある牛飼ひがものがたる」という一行に関係していて、それを手がかりに解明できるのではないか、と私は考えているのです。

11　昔話の結びのことば

「ある牛飼ひ」は「オツベルと象」の話を、だれにしたのでしょう。

オツベルの小屋を説明するのに、「学校ぐらゐもある」と学校をもち出したり、白象の形容に「白い象だぜ、ペンキを塗つたのでないぜ。」などと言っているところをみると、話す相手は小学生くらいの子どもとみて良いでしょう。「牛飼ひ」が、自分なりにお話をまとめて、三回の日曜日に分けて子どもたちに話す物語を書く場合、賢治さんの頭の中には、おじいさんおばあさんが子どもたちに語る昔話の様子があったといっても、不自然ではありません。賢治さんは幼いころから、昔話に親しんでいましたから。

　この「オツベルと象」は、「語る」ということでは、昔話の形式を取り入れていると思うのです。ちょっと横道にそれますが、関敬吾は、昔話は「『むかし、むかし』にはじまり、『語っても語らいでも候』で終」(関敬吾編「一寸法師・さるかに合戦・浦島太郎—日本の昔ばなしⅢ—」岩波文庫)る、といっています。

　その『日本の昔ばなし(Ⅰ)〜(Ⅲ)』でみてみると、多くが「昔、」で語り始められ、終わりはよく知られた「どっとはらい」(岩手県・青森県)の他に、「いちごぶらんと下がった」(新潟県中蒲原郡「絵姿女房」)「語っても語らいでも候」(富山県「花さか爺」)、「こんかぎいの昔っこ」(鹿児島県「もぐらと蛙」)「おしまいちゃんちゃん、米ん団子」(大分県「病気見舞」)などと、短い言葉が付けられています。賢治さんの聞いたはずの岩手県の昔話は、ほぼ例外なく「どっとはらい」で、締めくくられています。

12　グリム童話の結びのことば

　海の向こうのドイツの昔話グリム童話も、原則は同じで、「昔むかし」で始まりますが、終わり方は「それはそれはまことに幸福にくらしました」などのように、物語の流れにそった結末をもつものが目立ちます。だがその中に、本文とはかけ離れた次のようなものがあります。

あたしのお話は、これでおしまい。あすこにちょろちょろしているのは、はつかねずみ。どなたでもあれをつかまえたかたは、あれで大きな大きな毛皮の頭巾をこしらえて、ごじぶんのになさいまし。

（金田鬼一訳『完訳グリム童話集』岩波文庫「一七　ヘンゼルとグレーテル」）

この本の注で、金田鬼一は、「この話の最後の数行（＝前掲部分　筆者注）は、童話のむすびのおきまり文句の一つで、これに似たものは、『はつかねずみがやってきた。おはなしは、おしまい』、（中略）『おはなしはおしまい。あすこにねずみがあるいてる、まっかなおべべをきているよ。さあさあ、おつぎのはなしが、はじまり、はじまり！』など、いくらもあります。」と解説していますが、その1～5巻までに、前掲のような長いものは意外と少ないのです。わずかに、

「それからねえ、にゃあにゃあ［猫］がおうちへ駆けていく、あたしの話も、これでおしまい。」（九二「三人姉妹」）

「あたしのおはなしは、これでおしまい、グストねえちゃんの前を、ねえちゃんのお家があるいてく。」（「一二二「ハンスぼっちゃんはりねずみ」）

「このお話をついこのあいだしてくれた人のお口は、まだあたたかいのです。」（一二七「王さまの子どもふたり」）

「それ、ねずみがでてきた、おはなしは、これでおしまい。」（一四二「鉄のストーブ」）

「もし、これがほんとうにできない人があったら、自分で行って、きいてごらんなさい。」（一九四「ふくろう」）などが、見られる程度です。

金田がこれらは「童話のむすびのおきまりの文句」で、これに類したものはいくらもあるとしたのは、日本の昔話の「どっとはらい」などが念頭にあったのではないでしょうか。

しかしそうだとしても、日本の昔話にあるのはいずれも「どっとはらい」の類語を少し出たくらいなものです。グリム童話でも、ねずみに関するものなどかなり類型的なものが多いのですが、中でとりわけ「ヘンゼルとグレーテル」が持つ長い末尾（前出）は、なかなか魅力的です。

賢治さんの「グスコーブドリの伝記」を読めば、その冒頭のところ、イーハトーブの森の中の木こりの一家の兄妹ブドリとネリが、冷害とそれにつづく飢饉で、両親に森に置き去りにされてしまうところなどは、どうみても「ヘンゼルとグレーテル」から影響を受けていると思われますから、賢治さんがグリム童話に親しんでいたことは、これだけでもわかるところです。

13　消えた一文字

「オツベルと象」で、話を「ある牛飼ひ」の語りとし、牛飼いは語り終えたところで、昔話の語り手のように、「どっとはらい」で語り納めるという形を、賢治さんはまず考えたのではないでしょうか。

ただ「オツベルと象」はいわゆる昔話ではないし、それに「どっとはらい」に代わるもっと魅力的な結びの文句を、賢治さんは「ヘンゼルとグレーテル」やその他、上にあげた結びのフレーズから学んでいて、聞き古した「どっとはらい」ではない、耳新しい結びの文句に行きついたのではないでしょうか。

としても、■にあてはまる一語が確定できたわけではありません。

古い印刷であってもここだけに■があるのは、印刷ミスではなく、原稿に、本文の文脈からは想像できないような意外な一文字があって、印刷者が戸惑ったあげく、■印で保留にしたと考えたいのです。それは、グリム風に考えれば、「鼠」です。その可能性も高いと思います。いや、「鼠」などはどうしても何かにとらわれてしまう者の貧弱な考えで、賢治さんの想像力からいえば、もっと新しい、面白い結びになったはずのものだったかもしれないと、消えてしまった原稿の一文字に思いを馳せます。

14 「さびしくわらつて」の周辺

「オツベルと象」の結末には、もう一つ問題があります。

救われた「白象はさびしくわらつて」「ああ、ありがたう。ほんとにぼくは助かつたよ。」と言ったとなっています。大勢の仲間たちによって、生死の境から助けられ、悪いヤツがやっつけられたのですから、うれしさや感謝の気持を満面に表して、最大限喜んでいいのに、「さびしくわらつ」たというのは、どうもよく解らないというのです。

賢治の作品をひもといてみると、その白象の心境の不可解さは、「オツベルと象」だけに限られていないようです。

「カイロ団長」という作品があります。生前未発表で、執筆年は大正十年あるいは十一年と推定されています。

庭師を仕事とする三十疋のあま蛙は、充実した毎日を送っていました。ある日仕事を終えての帰り路、「舶来ウェスキイ　一杯、二厘半」と、看板をあげた新しい酒屋にすい寄せられます。好奇心で飲みはじめたウイスキーですが、みんなぐでんぐでんに酔っぱらってしまいます。いい気持ちで酔いつぶれてしまうと、店主のとのさま蛙は、一人一人に代金を請求しにかかります。飲み代が払えないあま蛙を次々に「けらひ」にし、「カイロ団」を結成し、団長となって苛酷な仕事をおしつけます。真面目なあま蛙は困り果てますが、蟻から仕事の手抜きを教わって、切り抜けます。ところが到底不可能な石運びが科せられたとき、あま蛙はやけくそになって、「シュッポン」と首を切られてもいいから警察に送ってくれと叫びます。

そのとき、王さまの「かたつむりのメガホーン」が鳴りひびいて、あま蛙を苦しめていたカイロ団長のとのさま蛙に、九千貫の石を引くという重労働が科されます。立場が逆転して、あま蛙は「よろこんだのなんのって」、みんなで「声をそろへてはやして」、とのさま蛙を石運びにかりたてていきます。

「とのさまがへるは又四へんばかり足をふんばりましたが、おしまひの時は足がキクッと鳴ってくにゃりと曲ってしまひました。あまがへるは思はずどっと笑ひ出しました。がどう云ふわけかそれから急にしいんとなってしまひました。それはそれはしいんとしてしまひました。みなさん、この時のさびしいことと云ったら私はとても口で云へません。みなさんはおわかりですか。ドッと一緒に人をあざけり笑ってそれから俄かにしいんとなった時のこのさびしいことです。」

このすぐ後、また王さまの新しい命令が出て、「すべてあらゆるいきものはみんな気のいゝ、かあいさうなものである。けっして憎んではならん」と言われますと、あま蛙はとのさま蛙をいたわり、とのさま蛙も悔悟の涙をこぼすと、「あまがへるは、みんなよろこんで、手をパチパチたゝきました。」というのです。

自分たちをいじめたものが罰せられるとき、一旦は喜んでも、相手が苦しんでいれば同情や寛容の気持ちも抑えがたく、本当には喜べません。相手も許されてはじめて喜びを共にでき、心の底から笑うことができる、というわば仏教精神の表れとみていいのではないでしょうか。「オツベルと象」の白象のさびしい笑いと、あま蛙のさびしさは同質と言えると思います。

もう一つ「十力《じゅうりき》の金剛石《こんごうせき》」という作品があります。これは、生前未発表で、現存稿の執筆は大正十年か十一年とされています。

王子が「もっとい丶宝石」を探して、大臣の子と「虹の脚もとにルビーの絵の具皿」を取りにいきます。その虹の脚を探すうちに二人は、咲く花も降る雨もすべて宝石という宝石の丘に立っていました。そんなきらびやかな世界なのに、天河石《てんがいし》などで出来たりんどうは「(略)ひかりの丘にすみながら／なぁにがこんなにかなしかろ」と歌い、うめばちそうも野ばらもさびしさを歌っています。王子が「ね、お前たちは何がそんなにかなしいの」と尋ねますと、野ばらは「十力の金剛石がまだ来ないのです」と答えます。やがて待望の十力の金剛石が下りますと、花も葉も茎も「みなめざめるばかり立派に」本当の植物の姿になります。「その十力の金剛石こそは露」でありました。その「十力とは誰でせうか」。それはみ仏その人である、といった内容の作品です。

光満ちた世界になお悲しみや寂しさが存在し、ほんとうの世界が成就されるには仏の力が不可欠ということを、この作品は意味しているのでしょう。

白象が自身は救済されながら、一抹の寂しさを感じたのは、「十力の金剛石」的に考えれば、仏によってすべてが救済されなかった事でしょうし、「カイロ団長」の流れで考えても、過去の事情はどうあれ一方が今苦しんでいるのに、一方は欣喜雀躍とはいかなかったのでしょう。どちらにせよその底には、仏教精神が宿っていることは否めません。

15　ここまでのまとめ

「オツベルと象」は、ひどい搾取者オツベルに対抗した弱者の白象の仲間が、強者に死をもたらせて勝利を得るという、現在までのごく一般的な読み方の検証をしてきました。搾取する者が弱い者をいじめるという構図は、いろいろな読み方になって、労使の階級闘争をはじめ農村や宗教上の葛藤にまで広がる読み方を見せているのですが、それは白象の仲間たちが強いオツベルを死に至らしめたからです。

私は、オツベルの死に関して、「居なくなつたよ」は、死を意味しないし、現に語りをしている「ある牛飼ひ」こそが、オツベルであるということを解き明かしたつもりです。

それと、物語の終わりにある不明の一字と、勝ったはずの白象のさびしい笑いについて、語りの文学の形式と仏教精神による、いかにも賢治さんらしい終わり方だと結論づけました。

オツベルが死なないで生きているとしても、象たちに追放されたのだから、同じように読めるのではないか、この物語の読み方はそう変わらないのではないか――とお考えですか。その答えはもう少し待ってください。結論をここで出すのではなく、念のため「オツベルと象」が発表された、大正十五年頃の賢治さんの思想的傾向や動向を、調べておいた方が間違いないと思うのです。

16　大正十五年頃の賢治さん

大正十四（一九二五）年
雑誌『赤い鳥』の一月号に、賢治さんの『注文の多い料理店』の広告が載りました。
四月には、教え子の手紙の返事に「多分は来春はやめてもう本統の百姓になります」と、教師を辞める意思表示をし、六月には、保阪嘉内氏にも同じ内容の手紙を書きます。

七月に草野心平に誘われて、『銅鑼』の同人になります。心平は詩集『春と修羅』を出した賢治さんを、同じ時期に同人になった三好十郎とともに「現詩壇で最も奇抜な二つの個性」と評価し、賢治さんを早くから認めた人ですが、生前にはお互い会わずじまいでした。

十二月発行の「虚無思想研究」に、詩「冬（幻聴）」を発表します。「虚無思想研究」の寄稿者には高橋新吉や辻潤の名も見えます。

大正十五（一九二六）年

一月、尾形亀之助編集発行の雑誌『月曜』創刊号に、童話「オツベルと象」を発表します。『月曜』は三号まで出されますが、そこには藤村の随筆や犀星の詩、童話では浜田広介・山村暮鳥・サトウハチローが名を連ねています。

一月から三月まで、花巻農学校に開設された岩手国民高等学校で、「農民芸術」という科目を担当し、後に著わす「農民芸術概論綱要」の内容を、そこで話したということです。

二月、『月曜』に「ざしき童子のはなし」を発表します。

三月には同誌に「寓話　猫の事務所」を発表します。そして四年四カ月勤めた花巻農学校を退職します。退職後家を出て、ひとり自炊生活を始めます。

六月。尋ねてきた教え子に、「農業指導と文化活動とを兼ねた一種の『新しき村』」（『新宮澤賢治語彙辞典』）のような「羅須地人協会」の構想を語ったといいます。旧暦七月十六日の旧盆に立ち上げ、この日を「農民祭日」とする、などです。

六月「農民芸術概論綱要」を書きます。この「序論…われらはいっしょにこれから何を論ずるか…」のなかに、有名な「世界がぜんたい幸福にならないうちは個人の幸福はあり得ない」という一行がありますう

八月、妹シゲさんやクニさんたちと八戸へ旅行します。

十一月、「羅須地人協会」の定期の集まりを、十二月一日に開催するという案内状を発送します。それによれば、内容は「冬間製作作品分担の協議／製作品、種苗等交換売買の予約／新入会員に就ての協議／持寄競売…本、絵葉書、楽器、レコード、農具　不要のもの何でも出してください。安かったら引っ込ませるだけでせう、……」とあります。それから「今年は設備が何もなくて、学校らしいことはできません」が、まず「われわれはどんな方法でわれわれに必要な科学をわれわれのものにできるか」などを、やってみると書いています。

十二月、労働農民党つまり労農党の稗和支部（岩手県稗貫郡・和賀郡）が結成されます。労農党からは、無産運動で活躍し、右翼に刺殺された無産政党代議士山宣こと、山本宣治が出ています。労農党の事務所開設に際して、賢治さんが本家の長屋を世話したとか、経済的な支援もしたという証言があります。

またこの十二月の初め、賢治さんは上京して一カ月間、タイピスト学校へ通い、新交響楽団練習所でオルガンを習い、またエスペラントを勉強します。その他セロの特訓も受けたといいます。

この年の十二月二十五日、天皇が没し改元、昭和元年となります。

昭和二（一九二七）年

賢治さんが「羅須地人協会」で定期的な講義を開始します。しかしここで、賢治さんは、農村の青年を集め社会主義教育をしているのではないか、という疑いをかけられます。悪名高い治安維持法違反というわけです。警察の事情聴取もあって、青年への影響をおもんばかって、集会も不定期になっていきます。

こうして見てくると、大正十五年の賢治さんは、たしかに左翼思想の影響を受けていることがわかります。労農党の世話をしたということや、「世界がぜんたい……」の言葉にそれははっきり表れています。その一方で、上京してエスペラントやタイプを習い、オルガンやチェロの練習をし、羅須地人協会での活動も、教え子に迷惑がかかるというのですぐ引いてしまったりしています。

その大正十五年の、労農党の話の中で、稗和支部役員の一人の川村尚三の談話が、『新校本全集　第十六巻』脚注に載っています。賢治さんから、レーニンの『国家と革命』を教えてくれと言われ、講義をした。賢治さんは、「『……講義してもらったが、これはダメですね、日本に限ってこの思想による革命は起らない』と断定的に言い、『仏教にかえる』」と言って、次の夜からお題目を唱えうちわ太鼓をたたいて町をまわったといいます。また「農民は底にひそめた叛逆思想をもっていて、すくいがたいがとにかく今一番困ることに手助けしてやらねば……」と言った言葉も記録されています。

判断のむつかしい問題ですが、賢治さん自身社会主義思想に惹かれる一面、もう一歩ふみこむことができなかった姿を、この逸話はよく語っていると見ます。

17 賢治さんの社会主義的作品「ポラーノの広場」

現実に賢治さんが社会主義思想をどう思っていたかは以上のようですが、次に作品の中で賢治さんが左翼思想をどう描いているかに、目をうつしてみましょう。

「ポラーノの広場」という、比較的長い作品があります。その初期形「ポランの広場」の三章が、一九二四（大正十三）年に花巻農学校で、その生徒たちによって上演された記録がありますから、初期形はそれ以前に書かれたと推定されます。また最終作は作中でレネーオ　キュースト が警察から出頭を命ぜられる日付が一九二七（昭和二）年になっているところから、この年以降の成立とされる作品です。

簡単にあら筋を紹介します。私（キュースト）はファゼーロから「昔ばなしの通りの」ポラーノの広場の話を聞きます。そのポラーノの広場をやっと見つけますが、そこで行われていた宴会は、実は評判の悪いデステゥパーゴの選挙の買収のためのものでした。ところがその直後ファゼーロが失踪し、デステゥパーゴも姿をくらましてしまいます。私は、デステゥパーゴを出張中のセンダード市で見つけますが、ファゼーロのことは知らないというのです。その後皮革業者に技術を学んでいたというファゼーロがあらわれ、私を「ぼくらの工場」に誘います。その工場はかつてデステゥパーゴが密造酒を作っていたところで、その工場で「こんどはみんなでいろいろに使ってできるだけお互のいるものは拵えやう」という計画が進行しているのでした。

その運営について、前回のデステゥパーゴの失敗を繰り返さないために、「あのときは会社だなんて、あんまりみんなでやったから損になったんだけれどもおれたちだけでやるんなら、手間にはきっとなるからな。」と、自分たちの手間賃だけをまず考える、手堅い運営を提案し、「あゝぼくは畜産の方にも林産醸造の方にも友だちがあるからみんなさそって来てやるよ。ポラーノの広場のはなしをしてね」と私も約束します。選挙のためのいんちきな宴会ではなく「むかしのほんたうのポラーノの広場はまだどこかにあるやうな気がしてぼくは仕方ない。」という声に、「だからぼくらはぼくらの手でこれからそれを拵えやうでないか」「そこへ夜行って歌へば、またそこで風を吸へばもう元気がついてあしたの仕事中からだいっぱい勢がよくて面白いやうなさういふポラーノの広場をぼくらはみんなでこさえやう」と意気が揚がり、ポラーノの広場の開場式となります。

それから七年後、「ファゼーロたちの組合ははじめはなかなかうまく行かなかったのでしたが、それでもどうにか面白く続けることができたのでした。私はそれからも何べんも遊びに行ったり相談のあるたびに友だちにきいたりしてそれから三年の后にはたうたうファゼーロたちは立派な一つの産業組合をつくり」、ハムや皮類などを広く販売するようになりました。

「ポラーノの広場」というのは、昔から言い伝えられた理想郷乃至は空想的社会主義のようなものだったのでしょうか。今は途絶えてしまっているその「はえある世界」を自分たちの手で作ろうと高らかに謳いあげています。そこはお互いの能力や技術を出し合い、上下の差別なく働くことができ、賃金も公平に分配する搾取のない世界です。その発想は、資本主義的な貧富の差や労使の対立への、賢治さんの関心や批判から出ていることは間違いないのですが、社会主義理論に立った根本的な批判ではなく、労働も組織もこうあったらいいという理想の提示にとどまっているのではないでしょうか。

18「なめとこ山の熊」

「なめとこ山の熊」は、よく知られていますから梗概は書きませんが、熊捕り名人淵沢小十郎と熊の話です。その中に、これも印象的な場面ですが、小十郎が熊の皮を町の荒物屋へ売りに行くところがあります。荒物屋の主人は小十郎の熊の皮を買いたたきます。

いくら物価の安いときだって熊の毛皮二枚で二円はあんまり安いと誰でも思ふ。実に安いしあんまり安いことは小十郎でも知ってゐる。けれどもどうして小十郎はそんな町の荒物屋なんかへでなしにほかの人へどしどし売れないか。それはなぜか大ていの人にはわからない。けれども日本では狐けんといふものもあって狐は猟師に負け猟師は旦那に負けるときまってゐる。こゝでは熊は小十郎にやられ小十郎が旦那にやられる。旦那は町のみんなの中にゐるからなかなか熊に食はれない。けれどもこんないやなづるいやつらは世界がだんだん進歩するとひとりで消えてなくなって行く。僕はしばらくの間でもあんな立派な小十郎が二度とつらも見たくないやうないやなやつにうまくやられることを書いたのが実にしゃくにさわってたまらない。

作者らしい「僕」まで出てきて、感情もあらわにこの理不尽な社会の仕組みを糾弾します。「狐拳」という遊戯では、狐（熊）は庄屋（旦那）に勝つが鉄砲（猟師）に負け、庄屋は鉄砲に勝つが狐に負け、鉄砲は狐に勝つが庄屋に負けると定められているから、旦那も熊には負けることになる。けれども現実世界では、金持ちは町にいて負けるはずの熊に会うこと稀だから、怖いものなしという不平等な関係になります。それが我慢できないというのです。しかしそんなずるいやつらは世界が進歩するとひとりでにいなくなるというのは、甘い希望的観測にすぎません。すくなくとも社会主義的な論理からはこの結論は導けません。

この作品の成立は、昭和二年と推定されるようで、ここでも賢治さんがしっかりした社会主義思想をもっていたとは言えません。

19 「ペンネンネンネンネン・ネネムの伝記」

「〔ペンネンネンネンネン・ネネムの伝記〕」の執筆は、大正十年あるいは十一年に推定されます。手先を使って暴利をむさぼっておきながら、大元は手を汚さず関知もしないというのは、資本主義社会の資本家と労働者を、皮肉っぽくも鋭く描き出しています。この借金の連鎖の場合、どこかで断ち切ってしまえば解決はするのですが、現実はこうもいきません。

この「〔ペンネンネンネンネン・ネネムの伝記〕」は、テーマが同じとはいえませんが、昭和六年ころの「グスコンブドリの伝記」、それを改稿して昭和七年に発表された「グスコーブドリの伝記」に発展していきます。その後者二篇に共通するのは、冷夏―飢饉―父母の失踪―人さらい―その後へ乗り込んでくる資本家―資本家による搾取―自然災害による破滅、という農村の状況です。これらの状況が農民を繰り返し襲ったことも事実で、だからこそこれらの主人公は農村を救うために献身するのです。肥料の一斉散布といい、農業への科学の応用といい、社会主義的な農業の施策を彷彿させます。賢治さんは、飢饉のない「その冬を暖いたべものと、明るい薪で楽しく暮らすことができ」る農村の理想に向かって作品を書いていったのですが、そのことと、問題の社会主義的な把握とはまだ距離があったと見るべきでしょう。

20 「きみたちがみんな労農党になってから」

詩歌についても、ざっと目を通しておきましょう。

初期の短歌も含めて『春と修羅』の作品群や詩稿には、社会主義的な言辞や社会批判的感想が散見されます。比較的はっきりしたものだけをとりだしてみましょう。

詩ノート　一〇一六〔黒つちからたつ〕　一九二〔七〕・三・二六・

黒つちからたつ／あたたかな春の湯気が
うす陽と雨とを縫ってのぼる
……西にはひかる／白い天のひときれもあれば
たくましい雪の斜面もあらはれる……
きみたちがみんな労農党になってから／それからほんとのおれの仕事がはじまるのだ
……ところどころ／みどりいろの氈をつくるのは
春のすゞめのてっぽうだ……
地雪と黒くながれる雲

詩ノート　一〇五六〔サキノハカといふ黒い花といっしょに〕
サキノハカといふ黒い花といっしょに
革命がやがてやってくる／ブ〔ル〕ジョアジーでもプロレタリアートでも／おほよそ卑

怯な下等なやつらは／みんなひとりで日向へ出た蕈のやうに／潰れて流れるその日が来る／やってしまへやってしまへ（以下　省略）

一〇一六の「ほんとのおれの仕事」が何なのかはっきりしませんが、「きみたちがみんな労農党になってから」という一行には、労農党に寄せる期待が感じられます。賢治さんが労農党に好意的であったことはここでも言えますが、一〇五六の「革命」の取り上げ方は、好意的とは言えません。革命は、このころは暴力革命であったでしょうから、「黒い花といっしょに」というイメージになるのでしょうが、「ブルジョアジーでもプロレタリアートでも」「卑怯な下等なやつらは」「潰れて流れる」という捉え方は、階級的ではありません。

賢治さんは手紙の中でも、社会主義に触れているものがあります。

大正元（一九一二）年十一月三日の父宮沢政次郎氏あての中で、「又そろそろ父上には小生の主義などの危き方に行かぬやう危険思想などはいだかぬやうと御心配のことゝ存じ申し候／御心配御无用に候小生はすでに道を得候。歎異鈔の第一頁を以て小生の全信仰と致し候」

また大正七（一九一八）年三月十日の父 宮沢政次郎氏あての中では、「戦争は人口過剰の結果その調節として常に起るものに御座候　真実の幸福は家富み子孫賢く物に不自由なきときにも欠け候事多く誠の報恩は只速に仏道を成じて吾と衆生と共に法楽を受くるより外には無之御座候」

などとあり、若い時の賢治さんは、社会主義への感覚も理解も、ごく通俗的といっていいようなところが見えます。

21「オツベルと象」は境目の作品

賢治さんが社会主義に対してどのような理解をもっていたか、以上の作品や書簡に表わされた範囲でまとめますと、次のように大正と昭和の境目に、一つの区切りが認められます。

大正の初期から中期は、書簡（大正元）では、社会主義は危険思想ととらえていますし、戦争の原因についても、社会科学的な判断を持っていたとは思われません（大正七）。また散文作品でも、「カイロ団長」「ペンネンネンネンネン・ネネムの伝記」（どちらも大正十〜十一）では、労働問題や搾取などに対する判断・追求の回避が指摘でき、社会主義に対して、一定の距離をおいた見方で終わっています。

しかし昭和に入ると、「ポラーノの広場」（昭和二）では、理想的でユートピア的ではありますが、社会主義的な施策や産業組合の可能性などが描かれ、「なめとこ山の熊」（昭和二）や「グスコーブドリの伝記」（昭和七）では、捉え方が感覚的で緩いながらも、商業主義の矛盾や農民・弱者の困窮が取り上げられます。

大正十五年一月に発表された「オツベルと象」は、まさにこの境目に位置します。

昭和二（一九二七）年「詩ノート」の「きみたちがみんな労農党になってから」の詩句は、年譜にいう昭和三年二月の第一回普通選挙運動中の、労農党稗和支部への支援やカンパなどの行動につながり、それは賢治さんの社会主義開眼への文脈として読めますが、「ポラーノの広場」や「なめとこ山の熊」に先立つ「オツベルと象」は、賢治さんの思想のあとをたどっても、社会主義的な作品と読むことはできないというのが結論です。

22「寓話　猫の事務所」について

賢治さんの童話のなかで、社会主義的と異色視された「オツベルと象」は、ではどう読んだらいいのでしょう。

「オツベルと象」が発表されたのは、大正十五年一月の雑誌『月曜』の創刊号でした。その三月号に載ったのが、「寓話　猫の事務所」（以下「猫の事務所」と略称）という作品です。「オツベルと象」と発表時期が近いのですが、この二つの関連について書かれたものを私は読んでいません。一見内容も作風も異なり、社会主義などとは関係ないものですが、私は「オツベルと象」と深い関係があるように読みます。

まずあらすじを紹介します。

猫の歴史と地理を調べる第六事務所の書記は、四人と決まっていて、現在は一番から三番書記が、それぞれ白猫・虎猫・三毛猫、四番書記が竈猫《かまねこ》でした。竈猫というのは「生れ付きは何猫でもいいのですが、夜かまどの中にはいってねむる癖があるために、いつでもからだが煤できたなく、殊に鼻と耳にはまつくろにすみがついて、何だか狸のやうな猫のことを云ふのです。ですからかま猫はほかの猫には嫌はれ」ているると、描かれています。

だから本当ならとても書記にはなれないのですが、黒猫が事務長ですから、選ばれてなれたのです。竈猫は、真面目で頭の回転が速く、事務能力にたけているために、他の三匹の書記から反感をもたれ、実につらいいやがらせを受けています。それでも事務所に勤めていられるのは、事務長の親切と、竈猫仲間の期待に報いるためでした。

ところが、「猫なんていふものは、賢いやうでばかなもの」です。事務長の黒猫は、風邪で欠勤した竈猫が事務長職を乗っ取ろうと画策しているという、書記たちの中傷を真に受けます。そして竈猫をみんなで徹底的にネグります。病み上がりの竈猫は、誰にも相手にされない仕打ちに堪えかねて、事務所の机で「しくしく泣きはじめました。そして晩方まで三時間ほど泣いたりやめたりまた泣きだしたり」します。そこへ「いかめしい獅子の金いろの頭」が現れます。黒猫たちが驚いてうろうろ歩きまわる中で、竈猫だけが泣きやんで、「まつすぐに立ちま」す。獅子は「お前たちは何をしてゐるか。そんなことで地理も歴史も要つたはなしでない。やめてしまへ。えい。解散を命ずる」と、猫たちを叱りつけ、事務所の解散を宣言します。

という筋立で、最後の行に作者らしいものの「ぼくは半分獅子に同感です。」という感想が付け加えられています。

23 「オツベルと象」は「猫の事務所」に酷似している

「オツベルと象」の白象は、「白い象だぜ、ペンキを塗ったのではないぜ」と、容貌は特別なものとして描かれています。竈猫は、容貌はマイナスの設定ですが、他とは異なる点と、真面目で純粋で働きものというキャラクターは、白象と同じです。オツベルは、白象に対して初めから打算をもっていましたが、初めのころの遠慮や恐怖心がだんだん薄れ酷使していきます。黒猫は、初めは竈猫を理解し他の猫と同様に扱っていましたが、仲間からの中傷によって、竈猫に対して、無視という形の虐待をします。物語の舞台は、いずれも近代を装う農場と事務所です。ここにも共通するものがあります

絶体絶命の白象を助けるのは、直接には仲間の象ですが、その前に「月」や「赤衣の童子」の手助けがあります。竈猫を助けるのは、唐突に現れた「獅子」です。「月」や「赤衣の童子」も「獅子」も、それまでのその物語世界には居なかった、異なる次元の、いわばスーパーマンです。

この二つの物語は、善良で弱いAが、悪意で接するようになった、力のつよいBに虐待されるが、突然出現した正義の味方Cに救助される、という共通点をもっています。

ただ先に見てきたように、「オツベルと象」では、B（オツベル）の言動は、背景に社会性があって、問題が大きく見えます。「猫の事務所」のB（黒猫等）は、誹謗中傷という〈人間〉相互の不信感の問題です。その相違はありますが、両者とも、職場・労働現場での問題という共通点に着目しますと、事の大小は軽々には言えず、同程度と考えてよいかと思います。

この「オツベルと象」の型、善良なAを、Bが虐待し、Cが救済するという型は、初期の「双子の星」や「よだかの星」に始まって、後期の「猫の事務所」まで、A・B・Cの強弱や変形はあるにしても、流れとしては一貫してあります。

しかし、善良な弱者と狡猾な強者が相対し、それを大きな立場のものが仲裁する場合、その仲裁を作者がどうつけたかは、一様ではありません。

比較的制作年代が早い「カイロ団長」の結末は、次元の違う大きな存在（C）である王様の命令によって、両者（A・B）が、丸く納まる形をとっています。「すべてあらゆるいきものはみんな気のいゝ、かあいさうなもの」ですから「けっして憎んではならん」、仲良くゆけということです。これは弱者と強者の両方を、慈愛あふれる人間観で肯定した結末と見ることができます。

「猫の事務所」には〔初期形〕があって、大正十五年雑誌発表の「寓話 猫の事務所」とは、終わりのところがかなり違っています。獅子が、黒猫のやり方に「思ひやりのないやつらだ」と怒り、事務所解散を命じた後、作中に出てきた「私」（あるいは作者）が、「釜猫はほんたうにかあいさうです。／それから三毛猫もほんたうにかあいさうです。／虎猫も実に気の毒です。／白猫も大へんあはれです。／事務長の黒猫もほんたうにかあいさうです。／立派な頭を有った獅子も実に気の毒です。／みんなみんなあはれです。かあいさうです。／かあいさう、かあいさう。」と、独白することになっています。

これは、「カイロ団長」の「すべてあらゆるいきものはみんな気のいゝ、かあいさうなもの」、というところの延長線上にあると考えてよいと思います。

その数年後に雑誌に発表された「寓話 猫の事務所」では、黒猫の未熟さいたらなさから、事業の時期尚早を理由に、事務所の廃止が命じられます。それに対して、「かあいさう」ではなく、「ぼくは半分獅子に同感です」と、賢治さんは、その命令を半分だけながらもっともだと認めました。つまり、みんな「かあいさう」という「カイロ団長」以来の、すべてのものに同情的であいまいな温情主義を、賢治さんは棄てたことに注目しなければなりません。

24 時代を先取りするものの現実

この「寓話 猫の事務所」と同型である「オツベルと象」も、同じように考えられると思います。月や赤衣の童子の助けをかりて、白象の仲間が襲来します。その結果、白象を酷使する、まだ未熟な経営者だったオツベルの小屋は潰されます。農場主のオツベルは、「猫の事務所」の黒猫と同じで追放されます。

賢治さんは、強者オツベルを全く否定的に描いているわけではありません。「オツベルときたらたいしたもんだ」というくり返しに表わされているように、農業経営者としての積極性は評価していいます。知恵を働かせ、富を蓄えることに努力してきた農民のたどり着いた一つの頂点を、揶揄的ですがそこに見ているのです。しかしオツベルは失墜しました。オツベルを「大したもんだ」と一応は持ちあげながら、本当には認め得ませんでした。時期尚早だったからです。

また死に瀕した白象は、どうにか仲間に助けられますが、寂しく笑うことしかできませんでした。有能で献身的で純粋ですが、その姿はいかにも痛々しく弱々しくみえます。

賢治さんは、新しい農村や農民を夢見て、羅須地人協会を設立しました。しかしそれはうまく展開していきませんでした。理想を前にして、弱気に立ちつくす賢治さんが、白象の後ろに透けて見える気がします。「オツベルと象」は、社会主義とまではいかなくても、時代を先取りしようとしたものが、時期尚早として潰されていく現実を描いているのではないでしょうか。この作品も同時代の作品の流れに置かれれば、違和感なく賢治さんの作品として理解できると思います。

3章　賢治さんの、古いありふれた宝壺

1　グスコーブドリやジョバンニ

グスコーブドリは、イーハトーブの大きな森のなかに生れました。お父さんは、グスコーナドリといふ名高い木樵《きこり》りで、どんな巨《おほ》きな木でも、まるで赤ん坊を寝かしつけるやうに訳《わけ》なく伐《き》つてしまふ人でした。

ブドリにはネリといふ妹があつて、二人は毎日森で遊びました。ごしつごしつとお父さんの樹を鋸《ひ》く音が、やつと聴えるくらゐな遠くへも行きました。二人はそこで木苺《きいちご》の実をとつて湧水《わきみづ》に漬《つ》けたり、空を向いてかはるがはる山鳩の啼くまねをしたりしました。するとあちらでもこちらでも、ぼう、ぼう、と鳥が睡《ねむ》さうに鳴き出すのでした。（ふり仮名の一部は省略）

ジョバンニが勢いよく帰って来たのは、ある裏町の小さな家でした。その三つならんだ入

口の一番左側には空箱に紫いろのケールやアスパラガスが植えてあって小さな二つの窓には日覆《ひおほ》ひが下りたまゝになってゐました。

「お母さん。いま帰ったよ。工合《ぐあひ》悪くなかったの。」ジョバンニは靴をぬぎながら云ひました。

「あゝ、ジョバンニ、お仕事がひどかったらう。今日は涼しくてね。わたしはずうっと工合がいゝよ。」

ジョバンニは玄関を上って行きますとジョバンニのお母さんがすぐ入口の室《へや》に白い巾《きれ》を被《かぶ》って寝《やす》んでゐたのでした。（ふり仮名は補った）

前のは、イーハトーブの森で暮らす貧しいきこりの子ども、グスコーブドリとネリ兄妹の幸せな頃を描いた、「グスコーブドリの伝記」の最初の場面。後のは、よく知られた「銀河鉄道の夜」の「三、家」の冒頭。学校帰りにアルバイトの印刷の活版所で働いてから、ジョバンニが、病気の母の待つ家に帰ってきたところです。

賢治さんの童話を読んでいて、こうした描写に出くわすのは特にめずらしいことではありません。主人公たちの名前だけでなく、なにげなく描かれている植え箱の紫色のケールやアスパラガスも、ぜんたい西洋の森や家の雰囲気で、私たちはその情景にどっぷりと浸ります。

賢治さんの書くファンタジーそのものが、当時の日本には例のないものでしたから、その表現とあいまって、賢治さんといえば西洋風の、バタ臭い童話が当たり前のように言われています。

賢治さんの時代、文学を志すものが、東京にあこがれ、上京し学び、遊んだことは、例を挙げる必要もないくらいです。もちろん賢治さんも東京にあこがれました。お父さんに東京行きを懇願しました。家出もしました。しかし結果として賢治さんは、生まれ育った岩手の花巻で、働き、詩や童話を書き、生涯花巻を離れることなく、短い生涯を終えました。

東京に出ず、生まれたところで自分の仕事を完遂した芸術家は、むしろ数えるくらいしかいないと思います。そういう賢治さんの作品が、どうしてそんなに西洋のにおいがするのか、考えてみれば不思議です。田舎にこもりながら、なぜこんなモダンな童話をかいたのか、それはちょっと後にまわして、賢治さんの童話は、見かけ通りに西洋風なのか、これから考えてみたいと思います。

2　うるうるとのんのん

おもてにでてみると、まはりの山は、みんなたつたいまできたばかりのやうにうるうるもりあがつて、まつ青なそらのしたにならんでゐました。（「どんぐりと山猫」傍線は筆者　以下同じ）

オツベルときたら大したもんだ。稲扱《いねこき》器械の六台も据えつけて、のんのんのんのんのんのんと、大そろしない音をたててやってゐる。（「オツベルと象」）

山ねこからおかしなはがきを受け取って、うれしくってうれしくって、眠られない夜を明かした朝、見なれた近くの山々が、生きているようにぬれて光ってもりあがって、一郎の目に飛び込んできた、というのです。「うるうるした目」などというつかい方が、平成の今は広がっているようですが、この「うるうる」という擬態語を説明するには、言葉をいくつもつかわなければなりません。

二つ目の「のんのんのんのんのんのん」も、魅力的な擬音です。それだけでは私などは、なげやりなゆったりのんびりした感じにも聞こえますが、おっそろしい大音をたてているというのですから、大太鼓を連打するように腹に伝わってくる太い音なのでしょうか。

私も小説や童話を書きますが、「うるうるもりあがって」とか、「のんのんのんのんと」やっているとか、面白い表現ができますと、それを何度もつかい回すということはやりません。ちょっといいと思ってまたつかっているなんて、他人に思われるのが恥ずかしいからです。そういう感覚はものを書く人はたいてい持っていると思います。ところが賢治さんは、不思議なことに何度もつかっているのです。

まず「うるうる」という擬態語は、童話の中には見当たりませんが、心象スケッチ（賢治さんは自分の詩のことをこう呼んでいました）『春と修羅』第一集から第四集には、９例もあることを、小嶋孝三郎が調べあげています。

「（雀は）掠奪のために田にはいり／うるうるうるうると飛び／雲と雨とひかりのなかを…」（グランド電柱）

「一つの赤い苹果《りんご》をたべる／うるうるしながら苹果に噛みつけば…」（鎔岩流）

「草穂やいはかがみの花の間を／ちぎらすやうな冽《つめ》たい風に／眼もうるうるして息《い》吹きながら…」（早池峰山嶺）

「青ぞらばかりうるうるで／窓から下はたゞいちめんのひかって白いのっぺらぼう…」（〈今日もまたしやうがないな〉）

「上をあるけば距離のしれない敷物のやうに／うるうるひろがるち萱《がや》の芽だ…」（水汲み）

と、こんなふうです。

「のんのん」に移りましょう。これは詩歌の中には無いようです。童話の中では「グスコンブドリの伝記」の中の「五、フウフィーボー大博士」の中に、

「みんなといっしょに停車場に下りますとなにかしらず地面のそこからのんのんといふやうなひゞきとどんよりした黒いけむり、行ったり来たりする沢山の電車や自働車を見てブドリは…」

とつかわれ、その後それが改作された「グスコーブドリの伝記」の「四、クーボー大博士」の同じ場面でも、

「停車場を一足出ますと、地面の底から何かのんのん湧くやうなひゞきやどんよりとしたくらい空気、行つたり来たりする沢山の自働車のあひだに、ブドリは…」

と同じように表現されています。

また「〔ペンネンネンネンネン・ネネムの伝記〕」の「〔五、〕ペンネンネンネンネン〔ネンネン〕・ネネムの出現」と、それが改作された「グスコンブドリの伝記」の「七、サンムトリ火山」の同じ場面は、ほとんど同じで、

「その時はじめて地面がぐらぐらぐら波のやうにゆれ『ガーン、ドロドロドロドロドロドロ、ノンノンノンノンノン。』と耳もやぶれるばかりの音がやって来ました。」

とカタカナで書かれています。

この部分は、三回目の改作で、発表形となった「グスコーブドリの伝記」の「六、サンムトリ火山」では、次のように書き換えられ、「ノンノンノンノン」は消えています。

「この時サンムトリの煙は、崩れるやうにそらいっぱいひろがつて来ましたが、忽ちそらはまっ暗になつて、熱いこいしがぱらぱらぱらぱらぱら降つてきました。」

このカタカナのノンノンノンは、「ネネムの伝記」では「地殻がノンノンノンノンノンとゆれ」など、

数回使われています。

3　吉本隆明も絶賛

評論家の吉本隆明は、その著『宮沢賢治』の「第Ⅵ章　擬音論・造語論」の中で、賢治さんの擬音語のつかい方を絶賛しています。

宮沢賢治ほど擬音のつくり方を工夫し、たくさん詩や童話に使った表現者は、ほかにみあたらない。眼にうつる事象のうごきを、さかんに音の変化や流れにうつしかえようとした。はんたいにぴったりした語音があると、すぐにかたちの像《イメージ》に転写できる資質も、なみはずれていたとおもえる。

として、「オツベルと象」の「のんのんのんのんのん」を引き合いに出し、「だれもこんなふうに、語音とその物のイメージをむすびつけた擬音をつくったものはない。」と感心しています。そして、「その事象、その生物や植物や自然物の実体をよく知っていて、解釈や注釈のかわりに、擬音を象徴語の機能でつかっている」と指摘しています。

確かに言われるとおり、賢治さんの擬音語・擬態語は他の追随を許しません。どうしたらそんなにイメージにぴったりの、しかも新奇で意表を突くような擬音語が創作できるのか。そのコツがあれば、学びたいものだと誰もがうらやみます。
ところが、私たちが読むと、独創的なこの「うるうる」も「のんのん」も、実は方言としては厳然と存在することが、『日本方言大辞典』（小学館）を引くとわかります。

うるうる　目をぎょろぎょろさせるさま。青森県津軽「あのふとのまなぐァ（あの人の目は）、えじみでも（いつ見ても）うるうるって」

のんのん　①地響きのするような音が続けてするさま。どしんどしん。どやどや。秋田県鹿角郡《のんののんの》仙台《のんの》秋田市②勢いのよいさま。盛んなさま。どんどん。岩手県気仙郡「のんのん水ぁ流れる」秋田県平鹿郡「のんのんど走ってきた」《のんのこのんのこ》岩手県平泉「のんのごのんのごど」《ののの》岩手県気仙郡③人出の多いさま。人馬がたくさん集まってぞろぞろと行くさま。《ののの》青森県津軽　岩手県気仙郡

一方古語辞典にざっと当たってみますと、「うるうる」の方は、『古語大辞典』（小学館）と『岩波古語辞典』（岩波書店）とにあって、岩波の方は次のようになっています。

うるうる　水気を含んでいるさま。「書かれた絵は、まだ墨がうるうるとしたぞ」〈山谷詩抄七〉。「雨の降りさうな雲がうるうるとして」〈周易抄〉

「のんのん」は、古語辞典にはありませんでした。

「うるうる」は、原子朗の『新宮澤賢治語彙辞典』（東京書籍）では、「感覚的な方言で、ブルブル、もしくはプルプルに近いか。潤々という字をあてたいところだが、より感官的である。たとえば、思いがけない寒さを肌で感じたり、風邪の前兆などで急に寒けがするときなど、花巻地方では今も『うるうるすじゃ』と言ったりする（後略）」となっています。

「のんのん」はこの『語彙辞典』にもありません。

「うるうるもりあがつて」という魅力的な表現も、「青ぞらばかりうるうるで」とか「うるうるひろがるち萱の芽だ」、と並べてみれば、青森など東北地方の、賢治さんにとってはごく普通につかう方言だったと考えられます。

「のんのん」も、秋田や岩手の方言で、「地響きのするような音が続けてするさま」の擬音語ということですから、さすがにツボを心得たつかい方ではありますが、特別な造語能力があったからではなく、つかい慣れている方言を、うまくつかって語ったと言えるのではないでしょうか。

4　にぎやかな昔話の擬音語

『日本昔話通観』という、県別の大部な昔話全集を見ていますと、方言で語られるなかにびっくりするような擬音語・擬態語が出てきます。「うるうる」が実際に使われた昔話は、残念ながら見つかりませんでしたが、「のんのん」に似たものは見つかりました。昔話「力くらべ」で、寒太郎の大力を描いたくだりです。

　そやてるうずに寒太郎ぁ来る音ぁすけど。ノンノラノンノラど馬よりも大きものぁ歩ぐようった音だけど。そやて家の後けゃさ来て薪おろすたど。ガラガラガラノンノミツノンノミツどなんぼが背負って来ただが一間も背負っただが、二間も背負っただが、あらげねゃ音ぁすておろすたど。

　ガラガラガラノンノミツノンノミツ…あらげない音で下ろしたと…、たしかに、話し手の興にのった仕草まで見えるような擬音語のつかい方です。

　面白くて、その意味では賢治さんも顔負けの、擬音語・擬態語を、岩手県の昔話を集めた『日本昔話通観第3巻　岩手』から探してみましょう。

○　糠ァ（＝糠子　筆者注以下同じ）髪けずれば、くそづわりくそづわりど音ァするし、米（米子）の髪ァ、ピカラリンピカラリンて、とってもよえ音こァしますあえ、（34「米子糠子」二戸市）

○女は夫をはんぎりの中さぼいと入れて、頭の上さじゃかんと乗せてかつぐなり、山さ、ぐぇらぐぇらど駆け上がってしまった。（略）女は、しゅっしゅっず風コたてて　馳せながら、（37「食わず女房」稗貫郡石鳥谷町）

○「だんすく、だんすく、ひょろろ、ひょろ、ちゃっちゃ、ちゃっ、ちゃ、ちゃっ、ひれひょろ、ひょろ、ひょう」どお神楽の囃子になって鳴るので、（151「太郎の煤け人形」北上市）

○クンケクンケクンケって、雁の音ぁ聞こえできたったどさぁ。（178「雁取り爺」和賀郡沢内村）

○爺がその馬に乗って笛を吹くと、馬はビクタラーと歩き、鷹は羽をバッサバッサとやり、「ピョロロ、ビクタラ、バッサバサ」と歩いていく。（305「馬と鷹の報恩」二戸市）

○おやじ鼠が子供に「おれが先に行くからよく見て、まねして来いよ」と川に入り、「ツンブリヒッテ、ウギャアガッテ、ミミクルクルル、マナグパチパチ、オボコフッテチッテチッチッ」と向こうに渡る。（699「果てなし話「鼠の川渡り」東磐井郡）

といくらでもあるのです。オヤジ鼠がコドモ鼠に、ツンブリヒッテ、ウギャアガッテ、ミミクルクル…オボコフッテチッチッチッチと渡るなんて、話し手は漫才のように上機嫌で調子にのって、聞き手の子どもがげらげら笑いころげる様子まで、この長い擬音語から見てとれるようです。「鹿踊《ししをどり》りのはじまり」の中で、鹿がうたう「ぎんがぎがの／すすぎの中さ立《なが》ちあがる／はんの木《ぎ》のすねの／長《な》んがい、かげぼうし」も、おもしろい歌です。これもよくつかわれていたようで、「神棚の上に、ぎんがぎんがづ宝物が、まづられであった。」（175「犬と猫と宝物」花巻市）などと用例があるのです。

きわめて独特な擬音語・擬態語も、必ずしも賢治さんの造語ではなく、方言を生かし、昔話のやりかたを受け継いでいると言えます。それにしても東北の方言、岩手の話し言葉はなんとリズミカルで色彩的なのでしょう。

5　泣いて泣いて泣いて泣いて泣きました

賢治さんの作品を読んでいて、気になる表現はまだあります。同じ動詞をこれでもかと、三回四回と続けるやり方です。

○若い木魂《こだま》は逃げて逃げて逃げました。（「若い木霊」）
○一郎ははしってはしって走りました。（「ひかりの素足」）
○ほんたうに日に（「日は」のミスプリか）暮れ雪は夜ぢう降つて降つて降つたのです。（「水仙月の四日」）
○かま猫のもがきやうといつたらありません。泣いて泣いて泣きました。（「猫の事務所」）

○みんなも笑ひました。笑って笑って笑ひました。(「風の又三郎」)
○二疋の蟻の子供らは、それを指さして、笑つて笑つて笑ひます。(「朝に就ての童話的構図」)
その他にも次のような例もあります。
○二人は泣いて泣いて泣いて泣きました。(「注文の多い料理店」)
○よだかはのぼってのぼって行きました。」(「よだかの星」)

これらは賢治さん特有の語法の一つといっていいと思いますが、賢治さんの創案というよりは、これも昔話の語法にあるのです。『日本昔話通観3　岩手』でみてみますと、

○小坊コは、それをもらって、女コど、山道を越え野を越えで行ぐが行ぐが行ぐど、山ん中に一軒の家があっだど。(「57三枚のお札」花巻市)
○行くが行くが行って、松林のあるところを過ぎ(63「水の神の文使い」岩手郡西根町)
○そうしたれば、医者だの法者だの来るたら来るたら来だつもな。(90「尻鳴りべら」花巻市)
○山越え野越え行くが行くが行って、とうとう海の上さ飛んで行った。(119「猿神退治」遠野市)
○逃げるぁ逃げるぁ逃げで来たば又家ぁ一軒あったけど。(174「油しぼり」岩手郡)

賢治さんの用いた繰り返しは、逃げる・走るなどの歩行に関する語と、泣く・笑うなどの表情

に関する語に目立ちますが、昔話では、行く・来る・逃げるなど歩行に関する語に限られているように見えます。昔話の歩行に関する語の繰り返しは、距離感やスピード感を巧みに表現しています。それに賢治さんは耳慣れていて、表情の表現にひろげていったと思われます。

6　動物昔話と賢治さんの動物童話の類似点

賢治さんの文章には、昔話の影響が色こいということを述べてきました。もう少し賢治さんと昔話の関係を紹介させてください。

昔話というのは、口から耳に伝える伝承形式のものです。これを内容から分けると、「動物昔話」「本格昔話」(「むかし語り」とも)「笑話」になるということです。

まず「動物昔話」というのは、その内容から、動物葛藤、動物分配、動物競争、猿蟹合戦、勝勝山、古屋《ふるや》の漏《もり》、動物社会、小鳥前生、動物由来の項目と、新話型とに分けられると、『日本昔話大成11』資料編「昔話の型」にあります。

また、「動物昔話」は、「動物を主人公にした昔話。動物の由来や動物の葛藤を主題にした話が多く、狐・熊・川獺《かわうそ》・猿・蛙・蟹・兎・狸・雀などがしばしば登場する。日本では『尻尾の釣り』『猿蟹餅競争』『勝勝山』『時鳥《ほととぎす》と兄弟』などがこの部類に属す。動物たちの行動となっているものの、本質的には人間生活の反映であるといえる」、と『昔話伝説必携』では解説しています。

つまり昔話は、動物たちがくり広げるお話ではありますが、それは実は動物の皮をかぶった人間の話なんだなと、私たちが普通に認識している通りなんです。

賢治さんのごく初めの頃の童話に、人間の登場しない、動物が主人公の作品があります。それらの童話（仮に動物童話と呼んでおきます）と、昔話の「動物昔話」との共通点を考えてみます。

その第一は、登場する動物の種類についてです。「動物昔話」に登場する動物は、多い順に、狐（12）・猿（11）・時鳥（8）・兎（6）、犬・狸・かわうそ（各5）、猫・鼠・亀（各4）、虎・狼・蛇・蛙・蟇《がま》（各3）、その他と『日本昔話の伝承構造』にあります。

賢治さんの童話を全体的に見渡して、どういう動物が多く登場するかは、草山万兎が詳しく書いています。それらをやや強引に要約させていただくと、「童話（劇）一二七篇のうち、主人公になった動物と、その登場頻度」は、狐（5回）、鼠・蛙（3回）、猫・雁・梟・山猫（2回）と、昔話の動物にかなり重複していて、「賢治童話に登場する動物は158種にのぼるが、簡潔に要約すると、身近な動物がほとんどを占め、外国産の動物が少ないこと、仏教関係の動物が目につくことである」、とされています。

また「賢治の作品で、最もよく登場し活躍する動物は家畜」で、「家畜以外の身近な野生動物」は「みんな里あるいは里山の動物」とされています。そのことは例えば昔話に多い時鳥《ほととぎす》が、賢治童話に登場しないのは、それが霊山としての奥山の動物だからと説明されています。

類似点の第二は、その内容です。例えば昔話で動物のだまし合いを描く「動物葛藤」のテーマは、賢治さんの「猫の事務所」「土神と狐」に生きていますし、動物間のいろいろな競争を語る

「動物競争」は［けだもの運動会］に、「蜘蛛となめくぢと狸」「双子の星」「よだかの星」「烏の北斗七星」「鳥箱先生とフウねずみ」「クｯねずみ」「カイロ団長」「蛙の消滅」「林の底」などは、昔話の「動物社会」のテーマに共通しています。

「よだかの星」「猫の事務所」「烏の北斗七星」などのテーマは、神聖・崇高なまでに高められていますが、昔話の原型に照らせばこのような単純化も可能なのです。

第三に、賢治さんの動物童話と「動物昔話」とは、主として動物を主人公として、人間界以外のところに設えられた、人間界を模した世界という点でも共通しています。

7　動物昔話と賢治さんの動物童話の違い

ここまで、賢治さんの童話が、文も内容も昔話によく似た点があると書いてきました。でも賢治さんの童話は、いうまでもなく昔話と同じではありません。今度はその違いについて考えてみます。

「動物昔話」の動物の中に、ほんとうの人間が登場する場合があります。「勝勝山《かちかちやま》」や「古屋《ふるや》の漏り」の爺さん婆さん、「小鳥前生」にまとめられた、小鳥になる前の人間たちがそれです。その場合の人間の扱いは、一次元的です。一次元的というのは、「リュティの様式理論の一概念。メルヒェンのなかでは、日常的なふつうの世界（此岸）と、超自然的な世界（彼岸）との間に、精神的断絶がない。このことを一次元性という」と説明されています。つまり、爺さん婆さんは人間ですが、他の動物とまったく同じ扱いで、動物と会話もできるし、同じに住んで行動していても、なにも不自然でないように描かれています。

賢治さんの童話では、昔話のように一次元的に描かれた作品は、基本的にはありません。というと疑問に思われる方もあるでしょうが、童話といっても、賢治さんが書く場合は、動物と人とに一線を画するのが流儀でした。（このことは別項でくわしく述べる予定です。）

賢治さんは、動物を主人公とした話（例えば「貝の火」など）、植物を主人公とした話（例えば「いてふの実」など）鉱物を主人公にした話（例えば「気のいい火山弾」など）を書いていますが、それはそれだけで世界が完結されていて、そこにむやみと人間は出てきません。

しかし、人間以外のものが主人公の賢治さんの童話にも、人間がちょっと顔を出す場合はあります。たとえば「畑のへり」という童話は、畑にとうもろこしが並んでいるのを見て、カマジン国の兵隊が攻めて来たと、大あわてする蛙が主人公の話ですが、後半に、畑にやってきた女の子が描かれます。でも蛙たちはそれを遠眼鏡でみて騒ぐだけで、会ったり話したりしません。動物昔話に登場する爺さん婆さんが、動物に関わっているのとは、あきらかに異なっています。

「気のいい火山弾」「ツエねずみ」「黒ぶだう」「まなづるとダアリヤ」などにも、人は登場しますが、これらの童話すべては、主人公の動・植・鉱物の側から描かれていて、登場する人間とそれらとは濃淡はありますが交渉を持ちません。動植鉱物の世界と人間の世界とは、同じ平面に描かれていますが、賢治さんの意識の中では多分、ごちゃ混ぜにして描いているわけではないと思います。

例外もあります。「〈フランドン農学校の豚〉」は、農学校の校長先生が、豚と話をする場面があります。これは、先に述べた一次元的な描き方です。

逆に、賢治さんのように、動物が主人公で、その側から描かれている話に人間が登場し、その人間が動物と没交渉という描き方は、昔話にはありません。昔話には、植物や鉱物が主人公というのも見当たりません。

異なる点の二つ目です。

昔話に登場する人間や動物は、個性がなく、類型的だと言われています。たしかに昔話の爺婆には、善い爺さん悪い婆さんくらいの性格はありますが、それ以上の細かい個性の描写はありません。動物も同じで、ずるいもの、力強いものなど典型的な性格を背負って登場しますが、それが厳密な意味で、その動物の固有の性質・性格をなぞって描かれているわけではありません。

賢治さんの場合は、「カイロ団長」の蛙たちにしても、「やまなし」の蟹の兄弟にしても、「猫の事務所」の猫たちにしても、みんなそれぞれの動物の習性が生かされ、それ以外の動物の代役は務まらない描き方がなされています。これは昔話に登場する動物が、類型ですんだことと、極めて対照的で、賢治さんの童話に登場する動物は、昔話のそれと異なって、一つ一つ個性的です。

それは賢治さんが、新しい昔話を書こうとしたのではなく、昔話の土台を借りて、童話を創作しようとしたことの証しにほかならないと思います。

8　昔話の異郷はどんなふうに描かれたか

昔話と賢治さんの童話とは、違っていることは明明白白なのに、何をそんなにこだわっているのか、と思っておられるかもしれませんが、もう少しその二つの関係を語らせてください。こんどは、この世のことでない、異界についてです。

「本格昔話」は、婚姻・異類聟、婚姻・異類女房、婚姻・難題聟、誕生、運命と致富、呪宝譚、兄弟譚、隣の爺、大歳の客、継子譚、異郷、動物報恩、逃竄譚、愚かな動物、人と狐の十五の型と、新話型に分けられていると、前述の『日本昔話大成11』に書かれています。

先にも引用した『昔話・伝説必携』の「本格昔話」の説明は、「動物昔話・笑話に対して、人間の誕生、成長、結婚、富の獲得、人間相互の葛藤、人間と動物の関係などを主題とする一連の昔話を、本格昔話という。『蛇聟入り』『鶴女房』『一寸法師』『桃太郎』『笠地蔵』『米福粟福』などがこの部類に属し、いくつかのモチーフを組み合わせた複合形式をとるのが特徴」、となっています。

このうち婚姻・誕生・隣の爺・継子譚等は、賢治童話とはちょっと結びつかないにしても、呪宝譚・兄弟譚・異郷・人と狐等は、賢治さんのテーマにもあって、ここでも昔話との結び付きを感じさせます。

その中で、ここでは「異郷」について考察してみたいと思います。

『日本昔話大成11』が挙げている「異郷」の話は、「竜宮童子」とおなじみの「浦島太郎」です。これらの「異郷」は、いうまでもなく水底（川・海）です。「沼神の手紙」は沼底ですし、淵に落とした斧と黄金の斧をもらう「黄金の斧」も川の淵です。

こういう水の底の異郷には、「竜宮の一日は娑婆の百年」と言われる、この世との時間差があります。浦島太郎が、「帰ってみれば、こは如何《いか》に…」と、様変わりした村に驚いた、あれです。そして豊かな富と美しい女人という、すばらしい桃源郷に描かれることが多いと言えます。

稲田浩二編著『昔話の年輪　80選』の「異界訪問」の項では、「浦島太郎」「竜宮童子」の他に、次の三編を載せています。

「地蔵浄土」（青森県）は、こぼした豆を追っていくうちに、爺さまが地蔵浄土に行く話。「舌切り雀」（秋田県）は、山奥のお堂の前の木にある雀のお宿を訪ねる話。「山の神とあんにゃ」（新潟県）は、山の神から教えられた「都のお寺」参りをする話です。これらの話に出てくる「地蔵浄土」も「雀のお宿」も「都のお寺」も、この世とは異なる世界ですが、その具体的な描写はありません。

昔話全体を眺めてみますと、「異郷」は、まだほかに分類される話の中にもあります。

岩波文庫の『日本の昔ばなしⅢ』にある「うぐいすの里」（岩手県上閉伊郡）では、「野中の森にいままで見かけたこともないひと構えのりっぱな館」が、異郷です。そこは広い大きな構えに似あわず、家のなかはしんかんとして、人っ子一人の影もありません。ただ奥の方の、霞がたなびいているほど広い庭に、いろいろな花がさいて鳥の鳴き声がしていました。その家の美しい女から、留守番をたのまれた若い樵夫《きこり》が、のぞくなと言われた座敷をのぞき見していくうちに、七番目の座敷で見付けた鳥の卵を三つとも割ってしまいます。そこへ帰ってきた女は、あなたは約束を破った上に、私の三人の娘も殺してしまったといって、鶯になって飛び去り、気がつくとその立派な館もなくなっていた、というものです。

また『新編日本の民話2　岩手県の「かくれ里」は、怪しい女の手招きに誘いだされた（岩手県和賀の鬼柳村の）甚内（人名）が、その女に寄り添われると、「ふっとあたりの景色が変ってしまい」「そばを流れる川は、清らかに澄み、山の木は緑に輝き、赤や紫、白と、色とりどりに見知らぬ花が咲き乱れ、鳥のさえずりも美しい音楽」に聞こえる中を歩いていきますと、「御殿のような家」が出現します。その女と夫婦となって一と月ほど暮らしましたが、このことを「決して誰にも話さないからと誓って」その家を出、「美しい林の中をしばらく行きますと、ふっとあたりの景色が変わり、いつのまにか前から見なれた山の中に立っ」ていた。もとの家に帰ってみると、三年が経過していたという話です。

『日本昔話通観27　補遺』の「隠れ里」（原題「花の種」新潟県新発田市菅谷）は、働き者の兄やが一日牛を休ませていましたが、その牛が急に見えなくなります。呼んでみますとどうやら地の底から声がします。その草原に大きな石があって、それが「ピッツ」と割れた。「そのなが見でば、兄やの牛、そごにいだでがね。兄や、たまあげで眺めだでば、そごは田圃もあるし、畑もあるし、川も流れでいるし、人の家もあるし、ほう、この地の底に里一つあるあんだで。」と驚いていますと、その石の中の里の親爺が現れて、牛を貸してくれと頼まれます。兄やは親爺から感謝されてお礼に貨幣のなる花の種をもらって裕福になった、という話です。

これらには、まさに桃源郷のような異郷が描かれています。それが岩手県等の話であることも、興味深いところです。

「異郷」というのは、「昔話の世界では、山中、地底、海の彼方、天、そして海中の竜宮というように異郷が幅広く語られている。この地は現実生活とは及びもつかない富の郷であり、美しくすばらしい園である。そして、そこでは時はゆっくり流れ、いつまでも年をとらず若いままでいられるのである」。また「異郷を訪れ得る者の資格」は、「正直者で人が良くなければならず、欲深であっては逆にこらしめられる結果となるのである。」として、「隣の爺」型の昔話との結び付きを、『昔話・伝説小事典』は解説しています。

「本格昔話」では、前に書いたように、人と動物はたいていは同じ次元に暮らしていて、同じ言葉をつかい、同じように行動できます。異郷は、その世界とは別のところに設定されていますが、基本的にはその地続きの世界であるといえます。

以上は人が異郷へ行く昔話ですが、昔話の中にも異郷の住人が、人間界にやってくるものがあります。それらは「本格昔話」の中の「九　大歳《おおどし》の客」に、分類されています。これは「大歳の夜にやってきた訪問者によって福がもたらされる致富譚。もともとこの訪問者は来訪神である」

と、『昔話・伝説必携』にありますように、「宝手拭」「大歳の客」、それによく知られた「笠地蔵」など、神々が大みそかに人間界を訪れ、親切な者に富を与える話です。ここでも神々は人と同じ次元で語られ、一次元的な形をとっています。

9　賢治さんの異世界

昔話では、異郷は、桃源郷のようなすばらしい幸福な世界で、私たちの住む世界からは離れた場所にありました。賢治さんも、私たちの住む世界とは別の世界を描いています。賢治さんは、それをどんなふうに描いたでしょうか。

まず注意せねばならないことは、先にも述べたように、賢治さんは、人と人以外のものとを原則一次元的には描きませんでした。現実の人間世界と、動植物の世界とは別もの、という認識があったということです。だから人間が動物等と相携えて、その世界に行くということはありません。人が異郷へ行く時は、人間世界とは異なった空間に行く、という意味になります。ですから、混乱を避けるために賢治さんの場合、異郷ではなく、そこを異世界と呼ぶことにします。

賢治童話の異世界は、昔話の桃源郷のような性格を持たず、基本的には動植物が生活する、普通の場であります。その異世界を賢治さんは、人との関係でどのように描いたのでしょうか。

「鹿踊りのはじまり」の異世界は、野の鹿の世界です。落ちていた手ぬぐいを、おどけた仕草で詮索し、栃の実のだんごを分け合って食べたあと、太陽に向かって歌をうたって交歓する、神々しいまでの鹿の世界です。それに魅入った人間嘉十は、入って行こうとしますが、鹿はすすきの原を分けて逃げて行ってしまいます。鹿の世界は、人間を拒絶しています。

「かしはばやしの夜」の異世界は柏の森、「注文の多い料理店」のそれは山奥、「狼森《おいのもり》と笊森《ざるもり》、盗森《ぬすともり》」は森、「雪渡り」や「茨海小学校《ばらうみ》」は狐の世界、そして「なめとこ山の熊」は山の熊の世界。これらの異世界には、人間と人間の行為に対する裁きや批判があります。これらの異世界に入ったとき、人はなにがしかの羞恥や反省を余儀なくされたり、「注文の多い料理店」の場合などは、生命の危機にさらされたりします。これらの世界は、人間にとってかならずしも居心地のよい場所には描かれていません。

昔話の異郷は理想郷ですから、そこへの訪問者が限定されるのはいたしかたありません。昔話で異郷に行けるのは、善良な正直者に限られます。それに対して、賢治童話の異世界への訪問者は多彩です。

「鹿踊りのはじまり」「狼森と笊森、盗森」「なめとこ山の熊」などの百姓は、昔話の主人公に近い善良な人たちです。でもその人たちの善行が、異世界訪問に結びついているのではありません。日常生活のふとした折に異世界に行っているのです。

「月夜のでんしんばしら」「どんぐりと山猫」「雪渡り」「ひかりの素足」などの少年たちも、純真なごく普通の少年といっていいのですが、こちらも善行とは関係がありません。「雪渡り」では、狐の世界へ行ける条件が「十一歳以下」と示されますが、これは昔話の行ける者の条件の変形と考えられます。

一方、「さるのこしかけ」の悪態をつく少年、「かしはばやしの夜」の、柏の木々に無遠慮で世俗の悪弊にまみれた清作、また「注文の多い料理店」の、見栄っ張りで殺生好きな若い紳士は、善人とはいえません。こういう人には、昔話は異郷へ行く資格を与えていません。異世界を理想郷でなくしたことが、その訪問者の資格をも、普通あるいはそれ以下のものに変えてしまったといえます。

昔話での異郷訪問は、かならず幸福や富をもたらしましたから、同時に「隣の爺」（他人の成功を真似する隣の欲深な爺さん）の型に結びつきました、賢治さんの童話は、当然のことながらそういうふうには展開しません。

昔話では異郷に行ったものは、なんらかの贈り物をもらって帰ってきました。これも賢治さんの童話にはありません。「どんぐりと山猫」の「黄金のどんぐり」の贈り物が、家に帰るとただのどんぐりに変わっていたことや、「茨海小学校」で、「私」の見つけた、大切な「火山弾」を狐にうまいこと取られてしまうところには、贈り物がないというより、贈り物を昔話のようにではなく、全く別の、意外な使い方で使ったと思われます。昔話の呪宝は、異郷のお土産としてではなく、「貝の火」などに生かされているといえます。

昔話の異郷は、一次元世界の延長上にありながら、人間世界とは全く異なる楽園で、時間の流れもまるで違っていました。しかし一度異郷を出ますと、時間も富も家も、なにもかもが以前のままに還ってしまいます。「浦島太郎」でも「うぐいすの里」でも、異郷と一旦つながりが切れますと、すべては元の木阿弥です。

「注文の多い料理店」で、「さつき一ぺん紙くづのやうになつた二人の顔だけは、東京に帰つても、お湯にはいつても、もうもとのとほりになほりませんでした。」と、異世界の現象がそのまま持続するのは、昔話の方法には無い形でした。

賢治さんの作品にも、異世界のものが人間の世界にやってくる物語があります。「氷河鼠の毛皮」の熊、「山男の四月」「紫紺染について」「〔祭の晩〕」の山男、「オツベルと象」の白象、「セロ弾きのゴーシュ」の動物たち、「とっこべとら子」の狐、「風野又三郎」の風の精、「ざしき童子のはなし」のざしき童子などは、人間の世界にやってきます。

人間が異世界に行った場合と違うところは、両者の世界の境界が示されないところです。異世界のものが、ごく自然に人間界に現れるところです。視点が人間側にあるから、異世界のものが異世界を出るまでの行動が、人間に見えないからかもしれません。人間世界に入ってきた訪問者は、人間と隔てなく、同次元で描かれます。

この異郷からの訪問という型を昔話に求めますと、先に述べたように「大歳の客」になり、訪問者は福をもたらす神々でありました。賢治さんは、ここでも一次元的な昔話の型を借りながら、その訪問者を、さまざまなタイプに変えてしまったと言えます。

昔話の異郷は、理想郷でした。そこへ行けるものは、選ばれた者であり、帰りには宝が授けられました。賢治さんは、この昔話の型をつかいながら、賢治さんの異世界は理想郷ではなく、人間にとっては苦い世界に、訪問者も選ばれた者でなく、ごくありふれた、或いは一癖ある者に、贈り物も宝ではなくいわくありげなものにと、ことごとくと言っていいほどひっくり返してつかったことが分かります。

10　異世界への行き方（1）―「どんぐりと山猫」型

賢治さんの描いた異世界について、私の見方を書いてきました。その異世界については、もう一つ明らかにしたい問題があるのです。その異世界へ行く行き方についてです。

昔話に出てくる異郷は、距離はあっても、同じ次元の中で描かれていました。それに対して、賢治さんの異世界は、人間世界とは次元を異にする動物等の世界であると言いました。その異郷や異世界への行き方（道中）を、昔話と賢治童話を比較しながら考えてみることにします。

昔話では、架空的な異郷は人の暮らす実在的な世界と同じ次元にあるのですが、隔たりをもって描かれていますから、そこへ行くには、案内人（動物）が登場します。

「舌切り雀」（秋田県）（『昔話の年輪80選』）では、「舌、切たば、山さ飛んで行った」と聞いた後、「爺さまじっとしてえらぁなくて、山さ探しに出かけたど。じっと、じっと行たば、萱刈人《かやかり》えだど。」その萱刈人に、「おら家の雀　見なぁかたべか」と聞くと、「おまえの雀　山奥のお堂の前の木さ住で爺来たらば金の箸で、金の御器で米の飯三膳チンチン。婆来たらば萱の箸で、猫の御器で、糠飯三膳チンチンて泣でらけ」と、教えてくれた。また行くと、「布ちでた人（布をついでいた人）」にあい、そこでも同じことを教えられて、爺さんは雀に会うことができた、と語っています。

「山の神とあんにゃ」（新潟県）（前に同じ）では、異郷「都のお寺」へ行く行き方を、頼みごとをする者がいるから、その時は「はいはいと言うて聞いて行けや」と教えられたあんにゃが、そうして行くうち、大きな川につきあたる。そこにいた「にっくげな女」から、「おれは山に千年、陸に千年の行《ぎょう》を終わって、今度、海に千年の行を受けに行ぎたいども、どうして行ったらいいか分からん」と言われ、それも「はいはい」と聞いてやって、川を渡してもらい、目的地にたどり着くことになっています。

「地蔵浄土」（岩手県上閉伊郡）（岩波文庫『日本の昔ばなしⅠ』）では、爺さまが、拾った豆をこぼしてしまいます。豆は「ころころころっと転んで行って、土間の隅っこの鼠穴へ入ってしまった」。そこで「木割で、その鼠穴を掘りながら、爺さまはだんだん奥の方へ入って行っ」た。「爺々ごろがした豆こう知らねあか」などと歌いながら行き、石地蔵に教えられて、「赤え障子」をあけて、鼠の「いちの座敷」「二の座敷」「三の座敷」へ行き、さらに奥の「黒え障子」の鬼の異郷へ、到達します。

この異郷への道を、『昔話の年輪 80選』の「異界憧憬」では、「人は、異界から差しのべられる援助や、異能をもった人・動物などの援助なくしては到底異界へ渡ることはできていない。その動物たちも多くは異界の住人たちとされる。」としています。上の昔話の、萱刈人や「にっくげな女」や石地蔵がそれにあたります。

さて賢治さんの童話では、人はどのようにして異世界へ行くのでしょう。

童話集『注文の多い料理店』の巻頭の作品、「どんぐりと山猫」についてたどってみましょう。この作品に登場するのは、少年の一郎で、その一郎が山猫から「おかしなはがき」をもらうところから、話は始まります。この話での異世界、非現実世界は山猫やその馬車別当のいる「うつくしい黄金いろの草地」であり、一郎の住む家や学校のあるところが、現実世界であります。その二つの世界を、結ぶ道を、賢治さんはこんなふうに描いています。

一郎は一人谷川沿いの小道を上の方へのぼって行きます。「すきとほつた風がざあつと吹くと、栗の木はばらばらと実をおとしました。一郎は栗の木をみあげて、『栗の木、栗の木、やまねこがここを通らなかつたかい。』とききました。」それから、同じように、笛ふきの滝・白いきのこ、そして栗鼠に尋ねながら、「一郎が顔をまつかにして、汗をぽとぽとおとしながら、その坂をのぼりますと、にはかにぱつと明るくなつて、眼がちくつとしました。そこはうつくしい黄金いろの草地で、草は風にざわざわ鳴り、まはりは立派なオリーブいろのかやの木のもりでかこまれてありました。」と、いうところで「うつくしい黄金いろの草地」に到着するのです。これが異世界への道中ということになります。一郎はそこでどんぐりたちのめんどうな裁判に立ち会うのです。

裁判が終わった後、「馬車は草地をはなれました。木や藪がけむりのやうにぐらぐらゆれました。一郎は黄金のどんぐりを見、やまねこはとぼけたかほつきで、遠くをみてゐました。馬車が進むにしたがつて、どんぐりはだんだん光がうすくなつて、まもなく馬車がとまつたときは、あたりまへの茶いろのどんぐりに変つてゐました。そして、山ねこの黄いろな陣羽織も、別当も、きのこの馬車も、一度に見えなくなつて、一郎はじぶんのうちの前に、どんぐりを入れたますを持つて立つてゐました」。これが異世界からの帰りの道です。

「それからあと、山ねこ拝といふはがきは、もうきませんでした。やつぱり、出頭すべしと書いてもいゝと言へばよかつたと、一郎はときどき思ふのです。」が、短いながら現実世界に戻った、締めくくりの部分です。

この「どんぐりと山猫」では、現実の世界から異世界へ行く道中に、このような細かい描写がなされています。しかし一郎が谷川沿いに登っていく際、栗の木や滝に道を聞きながら行くこと自体、さらに山猫からはがきが来たという、そののっけから、すでに厳密には現実ではなく、非現実世界との混同があります。現実世界と非現実世界が、画然と設定されているにもかかわらず、その境は不分明ですから、これは昔話的な一次元的方法と言えると思います。

このように、異世界への道行が一定の距離と時間をもって語られるものを、賢治童話において今、「どんぐりと山猫」型としますと、この型に属する作品は、童話集『注文の多い料理店』の中にまだあります。

「狼森と笊森、盗森」は、表題にある三つの森が異世界なのですが、人はその森に隠された、彼等の子ども・農具・粟を探すために、森に入っていきます。その入り方は、森にいちいち許可を得、森に入ると、「しめつたつめたい風と朽葉の匂い」、つまり異界らしい怪しい雰囲気が襲ってきて、狼や山男のいる異世界に到達します。探しものを取り返し、家に帰ってから、人は森にお礼の品をもっていきます。それで一つの話（部分）を完結させます。それをこの物語は、昔話によくあるやり方で三度繰り返すのです。

「かしはばやしの夜」は、農作業をしている清作のところに、赤いトルコ帽をかぶった絵かきが現れ、二人でナンセンスなやり取りをしながら、柏の林（そこが異世界です）に入って行きます。林の中は浅黄色で肉桂《にっけい》の匂いがいっぱいで、清作は柏たちのいやがらせを受けながら、林の奥へ進んでいきます。

「山男の四月」は、人が異世界へ行くというのではなくて、異世界の住人（山男）が人間界に来るという話なのですが、その道中の描き方だけを問題にすれば、山男にとっての日常の行動から（人間の）町、すなわち異世界に入るところは、こんなふうに細かく描かれています。「そのとき山男は、なんだかむやみに足とあたまが軽くなつて、逆さまに空気のなかにうかぶやうな、へんな気もちになりました。（中略）（ところがここは七つ森だ。ちやんと七つつ、森がある。松のいつぱい生えてるのもある。坊主で黄いろなのもある。そしてここまで来てみると、おれはまもなく町へ行く。町へはいつて行くとすれば、化けないとなぐり殺される。）山男はひとりでこんなことを言ひながら、どうやら一人まへの木樵のかたちに化けました。そしたらもうすぐ、そこが町の入口だつたのです。山男は、まだどうも頭があんまり軽くて、からだのつりあひがよくないとおもひながら、のそのそ町にはいりました。」

この「どんぐりと山猫」型の作品は、他に「雪渡り」「さるのこしかけ」「十力の金剛石」それから「茨海小学校」とあります。これらの作品は、賢治さんの童話のなかでも、極めて早い時期に成立したと推定されますが、それためか、色濃い昔話の特質を持っていると言えます。

例えば昔話では、「人は、異界から差しのべられる援助や、異能をもった人・動物などの援助なくしては到底異界へ渡ることはできていない」（『昔話の年輪80選』）のであって、それに照らせば、「どんぐりと山猫」では、「栗の木」や「笛ふきの滝」等が、「狼森と笊森、盗森」では森の許可が、「かしはばやしの夜」では「画かき」が、また「雪渡り」では「子狐紺三郎」が、「さるのこしかけ」では「小猿」が、「十力の金剛石」では「蜂雀」が、「茨海小学校」では「画家のたけしさん」が、異郷への案内を務めるという、昔話でいう援助になり得ているのです。

「どんぐりと山猫」「狼森と笊森、盗森」には、少しですが、現実世界の中で異世界のものとの交流があり、昔話の一次元性といえます。

11　異世界への行き方（2）──「注文の多い料理店」型

「どんぐりと山猫」のようにだいぶの距離の道中をたどって、異世界に着くという形のほかに、ドア一枚向こうは異世界という、瞬時に世界が転換する例もあります。

童話集の表題にもなった「注文の多い料理店」は、「二人の若い紳士」が「白熊のやうな犬を二疋」つれ「専門の鉄砲打ち」に案内させて、山奥へ趣味の狩猟に行った話です。その人たちが登場する山奥は、現実の世界です。その日はどうしたわけか獲物が見つかりません。嫌気のさした二人は、もうひき上げようとしますが、道にまよってしまいます。その時、

風がどうと吹いてきて、草はざわざわ、木の葉はかさかさ、木はごとんごとんと鳴りました。

「どうも腹が空いた。さつきから横つ腹が痛くてたまらないんだ。」

「ぼくもさうだ。もうあんまりあるきたくないな」

「あるきたくないよ。あゝ困つたなあ、何かたべたいなあ。」

「喰べたいもんだなあ」

二人の紳士は〔、〕ざわざわ鳴るすゝきの中で、こんなことを云ひました。

その時ふとうしろを見ますと、立派な一軒の西洋造りの家がありました。

風がドウと吹いてから、二言三言言葉を交わすくらいの間はありましたが、忽然と立派な西洋館が現れます。この館の中が彼ら紳士にとっては、異世界なのです。西洋料理を食べようと思って入ったのに、あわや西洋料理にされて、食べられそうになった時、死んだはずの犬がとび込んできて、犬と山猫の格闘が始まります。「室はけむりのやうに消え、二人は寒さにぶるぶるふるえて、草の中に立つてゐました。」西洋館は瞬時に消えて、二人は現実の世界にもどって来ます。

この「注文の多い料理店」の場合、異世界への通路や道中がなくて、いきなり舞台が転換してしまいますから、渡行のために異界から差しのべられる援助や異能をもった人や動物の案内役は出てくるひまがありません。瞬時に世界が変わるのですから、その必要はないわけです。このいきなり異世界へ転換する「注文の多い料理店」型の作品も、これだけではありません。

「月夜のでんしんばしら」は、恭一少年が鉄道線路の横を歩いていき、向こうに停車場のあかりが見えるところまできた時、「とつぜん、右手のシグナルばしらが、がたんとからだをゆすぶつて、上の白い横木を斜めに下の方へぶらさげました。これはべつだん不思議でもなんでもありません。つまりシグナルがさがつたといふだけのことです。一晩に十四回もあることなのです。ところがそのつぎが大へんです。」という事件の話です。

がんがん鳴っていた電信柱が、一斉に北の方へ歩きだしたというのです。電信柱は、昔ふうの軍歌を歌って、次々に行進していきます。そのうち、向こうから汽車が来るのをみとめた電気総長が、あわてて号令をかけますと、行進は止まって、軍歌もただのシグナルの音にかわってしまいます。そしてシグナルがあがって、もとの鉄道線路の場面にもどるというものです。

「鹿踊りのはじまり」は、嘉十というおじいさんが湯治にでかける途中、休んだところに手拭を忘れたことに気づいて、戻ってみますと、六疋の鹿が、その手拭を中に輪を作って、ぐるぐる廻っているのでした。それに見とれていますと、「嘉十はにはかに耳がきいんと鳴りました。そしてがたがたふるえました。鹿どもの風にゆれる草穂のやうな気もちが、波になつて伝はつて来たのでした。嘉十はほんたうにじぶんの耳を疑ひました。それは鹿のことばがきこえてきたからです。」と、瞬時に嘉十は鹿の世界に入って行くのでした。

鹿の世界に魅了された後、「嘉十はもうまつたくじぶんと鹿とのちがひを忘れて、『ホウ、やれ、やれい。』と叫びながらすすきのかげから飛び出」しますと、鹿は驚いて一度に立ち上がり逃げ出してしまい、嘉十は現実世界にもどってきたのでした。

この「注文の多い料理店」型は、ここに挙げたものの他は、賢治の作品の中に見当たりません。昔話の中に、瞬時に世界が転換する例は見つけることは出来ないのですが、それに近いものを探してみますと、例えば『昔話の年輪80選』所収の「竜宮童子」（秋田県）では、「その男（＝乙姫の使い　筆者注）、『一緒に行こう。負って行くから目びっちりふぐってれ』て、言われて、その通り目びっちりふぐってたけ、しばらくして目開いてみたば、何と立派な御殿で、何もかもあまり立派で、爺びっくりしてしまったと。」とあります。

また『日本の昔ばなしⅢ』の「鼠の浄土」（青森県八戸地方）では、餅をやった鼠から、お礼にご馳走をするといって、鼠穴に誘われます。爺がこんな小さな穴に入れないというと、鼠は「目つぶって、わが尾っぽさとっついていさい」と言い、そうしていると、本当に鼠の家に行けたとあります。これらは瞬時ではありませんが、ちょっと目をつむっている間に、異郷に着いていたというのですから、昔話の中の「注文の多い料理店」型といっていいかもしれませんが、異郷への案内者がはっきりしているところが、賢治の方法と一線を画するところです。

12 「赤え障子」と「水いろのペンキ塗りの扉」

日本の「本格昔話」で、先にも挙げた「地蔵浄土」は、岩手県上閉伊郡の昔話ですから、賢治さんも実際に聞いたことがあると思われます。

こぼした豆を、拾おうと追いかけて鼠穴に入り、色々な障子を開けて、鼠の座敷や博奕場《ばくちば》に行きついたお爺さんが、こんなふうに描かれています。（引用文中の傍線は筆者。以下同じ）

爺さまは、（中略）奥へ行くと、地蔵さまのいった通り、赤い障子の立っているところがありましたから「はい、おめんとごわります」といって入ると、なかから鼠の嫁が出て来たそうな。そうして「爺さまは何しに来たます」とたずねたそうな。爺さまは「おれあ、こっちに嫁御とりがあるだから、唐臼でも搗いてすけさ来た」というと、「あれあ、それあよいところさ来たます。早く入って助けてがんせ」といって、爺さまを家へ入れたそうな。爺さまは、家へ入って見ると、その家は立派なところで、いちの座敷には朱膳朱椀に唐銅火鉢があったそうな。二の座敷にはたくさんの絹の小袖の衣裳がかけてあったそうな。三の座敷に行って見ると、たくさんの鼠どもが臼に黄金を入れて、じゃくりじゃくり搗きながら、よいとさのやえ／よいとさのやえ／にゃごという声／聞きたぐねあじゃやえと、うたっていたそうな。

爺さんは「それから、鼠からもらった赤い着物をもって、ずっと奥の方へ行くと、黒い障子の立っているところ」、つまり鬼の博奕場に出る、というふうに展開していきます。色のついた障子を一つ一つ開けて、入っていくと、最後鬼の博奕場についたというのを聞いて、賢治さんの童話の何かを思いつきませんか。

突然現れた西洋料理店に、二人の紳士は入っていきます。「二人は玄関に立ちました。玄関は白い瀬戸の煉瓦で組んで、実に立派なもんです。そして硝子の開き戸がたつて、そこに金文字でかう書いてありました。」とあり、二人は障子ではありませんが、「硝子の開き戸」や「水いろのペンキ塗りの扉」「黒い扉」を通って進みます。室には、「朱膳朱椀」や「唐銅火鉢」ではありませんが、「黒塗りの立派な金庫」「金ピカの香水の瓶」「立派な青い瀬戸の塩壷」が置かれ、二人は驚嘆し、山猫の手にのせられているとも知らず、奥へ奥へ進んで行きます。

障子やその色、小道具や道具立てを変えて、西洋流にしてはいますが、昔話「地蔵浄土」は、傑作「注文の多い料理店」にそっくりだと思われませんか。

人が現実の世界から異郷へ行く場合、「舌切り雀」や「山の神とあんにゃ」など多くの「本格昔話」にも、「地蔵浄土」と同じような手法が用いられています。「注文の多い料理店」は、異世界へ行く道中の描写ではありませんが、異世界をとりまく描写には、賢治さんが幼い頃から親しんで、彼の血肉になっていた昔話の語り口が、いたるところに裏打ちされて、賢治さんの童話を支えている、といってもいいのではないでしょうか。

13　ルイス・キャロルか昔話か

賢治童話のファンタジー性については、ルイス・キャロルからの影響が指摘されてきました。

雑誌『赤い鳥』が、「不思議の国のアリス」を連載したのは、大正十（一九二一）年の八月号（第七巻第二号）からで、鈴木三重吉訳の「地中の世界」という題でした。

「地中の世界」では、「アリス」は「すゞ子ちゃん」となり、チョッキのポケットから時計を出して、「おや、おや、遅れッちまふぞ」と急ぐ白い兎の後を追って、彼女は生け垣の下の大きな穴に飛び込みます。トンネルのような、横の道から急に縦穴に落ち、するすると「不思議にかなりゆつくり落ちて行くので」、あたりを見回す「閑《ひま》が十分」ありました。穴のぐるりの壁は、本棚と食べ物戸棚で、彼女は戸棚から壜を取り出したり、返したりします。落ちて行く先のことを考えているうちに退屈になり、眠り込んでしまいます。猫の玉（猫の名前）と手をつないでいる夢をみているうち、葉っぱが積みあげてある上へ、たどり着きます。目が覚めて見回すと、長い廊下の向こうを兎が走っていきます。追いかけて廊下を曲がったところで、兎を見失いますが、そこは横幅の狭い長い部屋でした。戸口の戸は全て鍵のかかったその部屋でいろいろな不思議が起きます。つまり不思議の国の始まりでした。

この訳は、現在行われているものと、人名や猫の名以外あまり変わらないようで、少なくとも最初の部分は、原作に忠実な訳と見てよいと思います。賢治さんは、『ふしぎの国のアリス』を、おそらくはこの連載以前に、原書で読んだと言われています。境忠一著『評伝宮沢賢治』には「宮沢賢治所蔵図書目録」が掲載されていて、その「英文学および英訳文学」の項に「Alice's Adventures in Wanderland《ママ》 and through the Looking glass; Lewis Carroll」が見えています。その注に「この目録の記録、所蔵者は小倉豊文氏である。その表紙に『この目録は賢治の死後、病床辺を整理した時の主要のもの。』」などとあります。

賢治さんが『ふしぎの国のアリス』や『鏡の国のアリス』を読んだ年時は、特定できませんが、おそらくは、童話集『注文の多い料理店』の作品群が書かれる（大正十年八月から翌十一年四月まで）前の、大正七年から数年の期間と考えられます。

この期間、賢治さんは自分の将来の職業を考えながら、「勉強」を重ねていました。アンデルセンを勉強したことは、保阪嘉内氏宛の書簡で実証できますが、そのほかたくさんの物語の勉強を図書館通いの中でし、蔵書の中にある「アリス」も、おそらくこの時期に読んだと推定できます。

その「アリス」から、賢治さんがいろいろ学んだであろうことは否定できません。言葉遊びなどもその一つかもしれません。しかし「アリス」の、きのこを食べて体が大きくなったり、小さくなったり、その身体の上に展開される、ナンセンスな想像世界とは、賢治さんの童話はいささか異なっているように思われます。賢治さんは、自分の童話の骨格をなす方法として、「アリス」より、日本の昔話から学んだことの方が大きかったと、私は見ます。

14　賢治さんの宝壺

賢治さんの童話の出発は、意外かもしれませんが、昔話的でした。「蜘蛛となめくぢと狸」も「貝の火」も、登場するのは動物ばかりで、形の上ではごく自然に（動物）昔話の方法でした。そこに描き出された動物は人間の模写でしたが、教訓や寓話性は、無いかきわめて薄いものでした。賢治さんの初期の童話は、昔話によりながらも、模倣でないことが意識されていたと思われるのは、第一に人間が登場しないことにも、第二に動物を個性的に活写する方法にも表れていました。その世界を、賢治さんは現実の世界から切り離して、一つの架空の世界として構築して描いたのでした。

しかし書いていくうちに、人間が登場するようになります。童話を文学として書いていくと、動物に人間の代りをさせるには限界があったのでしょう。架空世界に、無責任に人を放り込むことは、科学的にも合理性という点でも、ためらいがあったはずです。

そこで賢治さんの編み出したのは、昔話にたくさん出てくる異郷を、次元の異なる動植物等の世界として、現実の世界と道でつなぐ、いわゆるファンタジーの方法でした。

賢治さんの童話は、このように日本の昔話を基に生み出されたと言っていいものでした。児童雑誌『赤い鳥』の標榜語《モットー》が、日本には西洋のように子どもの読物を授ける芸術家がいなかったとなげいたのに対し、賢治さんがそんなことはない、私たちの周りにいくらでもあったと、『童話集　注文の多い料理店』の「序」で反論したことは、前にも書きましたが、賢治さんの昔話へのあつい思いから出た、激しい言葉だと解釈できることが、これで納得していただけたでしょうか。

15　水野葉舟氏の感想

私はまづ初めに、宮澤氏の童話の基礎になつてゐるものの一つ、郷土の気息について考へる。日本の中で、東北は特に民話の伝承が豊富に保存されてゐる地方であるが、それが宮澤氏にどれほどか深い因縁を持つた、――それが氏の童話を読みながら、私に見えるやうに感じられて来る。

（中略）

この伝承のはなしを素地にして生れたといふ要素は、決して宮澤氏の計画ではなかつたらう。勿論計画の中にあつたものではないと見るべきである。宮澤氏がそこの土の中から生えて育つた人だつたといふ因縁からのものである。その伝承が豊富に保存されてゐる地方に生れて、つまりそこの「方言」のやうに、それらのものを身に帯びてゐたのだ。宮澤氏は、氏自身がどこまで意識してゐたかどうかは別の事として、この自分の生れ出た土を、実に立派に身に帯びてその作品を生み出したと私は感じたのだつた。

賢治さん研究の古いものを読んでいて、私は右のような文章に出会いました。昭和十四年一月三十日に執筆されたというのですから、賢治さんが亡くなって五年と数カ月後の、賢治論としてはごくごく早いものです。この頃には、文圃堂書店発行の最初の『宮澤賢治全集』（全三巻）が出、草野心平編・東京宮澤賢治友の会発行の「宮澤賢治研究」という研究誌が出されていました。不明を恥じるのですが、私は水野葉舟という名をきいたことがありませんでした。調べてみますと一八八三（明治十六）年に生まれた、詩人で歌人小説家、柳田国男の『遠野物語』の成立にかかわった人だということでした。賢治さんとは、十三歳年上になります。

この水野氏の賢治さん評、賢治さんは意識していないだろうが、「自分の生れ出た土を、実に立派に身に帯びてその作品を生み出した」は、実に簡潔にその真髄を言い当てていると敬服します。水野氏も岩手県出身ではないのですが、賢治さんの時代には、まだ身辺に昔話が生きていて、その結びつきを直感的に感知できたのではないかと思います。

はなしが飛躍しますが、「注文の多い料理店」の中で、「あんまり山が物凄いので」「泡を吐いて死んでしま」った「白熊のやうな」猟犬が、物語の後半に生き返って戻って来る場面がありま す。不自然ですから、問題にされ、作者の思い違いだろうという論も出てきます。でも賢治さんほど推敲を重ねる作家が、本にまでした作品の、こんなミスを見過ごすことがあるでしょうか。また「オツベルと象」でも、「五匹の象が一ぺんに、塀からどつと落ちて」「オツベルはケースを握つたまま、もうくしやくしやに潰れてゐた。」、という描写があります。これをすぐさまオツベルの死と読んでしまうのは、私たちが近代の合理主義的な、理詰めな読みに慣らされていて、昔話の読み方を忘れつつあるからではないでしょうか。

4章　人間を描く
——賢治さんの方法を追って——

1　始まりは手さぐり

一八九六年、明治二九年に生まれた賢治さんの文学へのとっかかりは、伝統の、定型の短歌でした。その短歌に別れを告げて童話を書きはじめたのは、おそらく一九一八年・大正七年ではないかという推論を立てました。一般には大正十年とされているところですが。

いま私たちが子どもの読物を書こうとするとき、リアリズムにしてもファンタジーにしてもたくさんの先行作品があって、形式の上でも書きたい内容の上でも、それらの中から何かおのずと選み出して書いている、といっていいと思います。

賢治さんが童話を書きはじめた時代を考えてみますと、わずか百年前にすぎないのに様子はまるっきり違っていたと考えられます。

世界の子どもの文学の流れでみれば、グリム兄弟が『子供と家庭のメールヒェン集』を著わして、民間伝承に光をあてたのが一八一二年、アンデルセンの童話が一八三五年。そして一八六五年、ルイス・キャロルが『不思議の国のアリス』を書いて、児童文学のジャンルとしてのファンタジーは確立され、現実と非現実の世界がつなげられるようになりました。こういうことを、賢治さんは知識としてはつかんでいたと思います。

一方、当時の日本に目をうつしますと、一八九一(明治二四)年、巌谷小波が、日本最初の子ども文学と言われる「こがね丸」を著わし、お伽噺の世界をきり拓いていきました。一九一〇(明治四三)年、小川未明がおとぎばなし集『赤い船』を出します。おとぎばなし集とありますが、小波のお伽噺とは趣を異にしていて、文体も近代的ですし、未明のロマンチシズムや神秘性、象徴性が濃厚に現れた作品と言って良いかと思います。

その後雑誌では『少年世界』、また小説家の作品を並べた「愛子叢書」なども発行されました。文学史をひもといてみますとその他に「小公子」や、「即興詩人」をはじめとするアンデルセンの童話、ウェブスターの「足ながおじさん」なども翻訳されていますが、童話を書きはじめた一九一八(大正七)年の賢治さんをとりまく状況は、昔話が書き直されたお伽噺が大勢をしめていた、とまずは見ることができます。それは、鈴木三重吉に言わせれば、「いかにも下劣極まるもの」(『赤い鳥』の標榜語《モットー》)ばかりということになるわけです。

ですから大正七年に創刊された児童雑誌『赤い鳥』が示した子どもの文学の現在は、賢治さんにとっても、大きな意味を持っていたと考えられます。ただその『赤い鳥』に載った作品は、

「蜘蛛の糸」（芥川龍之介）「大いたち」（鈴木三重吉）などともちろん今のように多彩ではありませんでした。

童話を書くにあたって賢治さんが修得していたものは、何だったのでしょう。日本の昔話には、幼いころからなじみがありました。アンデルセン（賢治さんの表記ではアンデルゼン）童話にも、勉強のあとがありました。そういうものを基に、まさに手さぐりの状態で、賢治さんは童話創作に立ち向かったと思うのです。そういう混沌とした中から、賢治さんがどんなふうに自分の童話を創りあげていったか、こちらも手さぐりで考えてみることにします。

2　賢治さんの童話を三つに分けてみる

賢治さんの童話には、人だけでなく動物も植物も鉱物も主人公として登場します。そしてそれらには人と同じように生命や心が与えられて、作品世界を形づくっています。というと昔話と同じかと思われるかもしれませんが、昔話のように、人と人以外のものを同じ次元であつかうものはほとんど無く、人間世界は人間世界、人以外のものの世界はその世界と、分けて描いていることが多いのです。昔話の影響をたっぷり受けながら、賢治さんの童話が昔話と違うのはまさにこの点なのです。ただし少しながら例外もありますが。

人以外のものに生命や心を与えて登場させる物語世界を、異世界とよぶとしました。分類の第一は、この異世界の物語です。異世界の物語の語り方は、概して昔話の語り口と同じだと言えます。

最も昔話らしい例は、「むかし、あるところに一疋の竜がすんでゐました。」（「〔手紙　一〕」）ですが、「ある古い家の、まっくらな天井うらに、『ツェ』といふ名まへのねずみがすんでゐました。」（「『ツェ』ねずみ」）にしても、「一本木の野原の、北のはづれに、少し小高く盛りあがった所がありました。」（「土神ときつね」）にしても、作者が語り手になって、動植物（異世界）の物語を語る仕組みになっています。

「雪婆《ゆきば》んごは、遠くへ出かけて居りました。」（「水仙月の四日」）は、単刀直入に物語世界に入っていますが、それも含めて、異世界の物語は、私＝作者によって物語られる形をとっています。作者が語り手になって物語るのですから、物語の視点は作者にあって、その視点は全てを見通せ、万能ということになります。

その異世界に人が関わりを持つと、物語の様相が変わります。それが分類の第二です。その中には「むかし、ある霧のふかい朝でした。」（「十力の金剛石」）と昔話風の語り口を残しているものもありますが、「二人の若い紳士が、」（「注文の多い料理店」）「山男は、」（「山男の四月」）「清作は、」（「かしはばやしの夜」）「私が茨海の野原に行ったのは、」（「茨海小学校」）「ゴーシュは町の活動写真館でセロを〔弾〕く係りでした。」（「セロ弾きのゴーシュ」）と、冒頭に主人公が提示されて、その主人公の一元的な視点で、動物などの異世界と人との物語が展開されます。

分類の第三は、登場するのが人だけの物語です。

異世界（動物や植物の世界）と人との距離と、物語を物語る形式を念頭に置いて考えてみますと、賢治さんの童話は、以上の三つの型にゆるく分けることができます。これをまとめると次のようになります。（A・B・C型とつけたのは、呼び方を簡略化したものです。）

第一　異世界の物語…………A型
第二　異世界と人の交流物語……B型
第三　人の物語………C型

「第一　異世界の物語・A型」は、人の出てこない、動物や植物が主人公の物語です。大方は昔話の口調で、作者が高みから見渡す視点で描かれます。ふつうは語り手は出てこないのですが、つい正体を現してしまうこともあります（「寓話 猫の事務所」）から、それは大目にみます。

一方主人公の動物や物語自体に直接は関わりないのですが、ひょいと人が登場する場合がありますこのちらっと人が出てくる場合を、全く人が登場しない場合と区分してA—Ⅱとします。

A—Ⅰ　動物や植物等が主人公の作品。
人は登場しない。ただし語り手（例「おきなぐさ」「寓話　猫の事務所等）聞き手（例「林の底」等）として登場する場合は大目にみて含める。

A—Ⅱ　同じく動物や植物等が主人公の作品なのだが、人がちょっと登場する。人は点景に過ぎず動物等との交流・交渉はない。
Ⅰも Ⅱも、視点は異世界側にある。

「第二　異世界（人以外の動植物等の世界）と人の交流物語・B型」。賢治さんの童話には、人と動物等が同じ次元で自由に交流するものは、原則としてありません。人の世界と動物などの世界は別々なのです。その二つの世界が交流する場合、仕方は二通りあって、人が異世界へ行く場合と、異世界のものが人の世界に来る場合がありますから、B型も二つに分けて、前者をB—Ⅰ、後者をB—Ⅱとします。

この第二の分類では、昔話の語り口調は減って、多くは物語冒頭に主人公が提示され、その一元的な視点で描かれます。

B—Ⅰ　人が、異世界へ行って還ってくる物語。この場合の異世界も、天上の世界とか熊の世界とか、要するに人以外の世界すべてを含む。

B—Ⅱ　異世界のものが集団的あるいは個別的に、人の世界にやってくる。
Ⅰも Ⅱも人中心に語られる場合が多い。

「第三　人の物語・C型」は、登場人物が中心の、人の物語。これも次のように二つに分けます。

C—Ⅰ　人の物語で、空想的・超現実的・説話的な虚構性に富む作品。

話し手が動物等の場合も含める。

C—Ⅱ　人の物語だが、村童もの等生活体験や観察に基づいたリアリズム系の作品に限定し、「鳥をとるやなぎ」「化物丁場」「革トランク」等体験的な側面もあるのだが、内容に非現実的なものをもつものはC—Ⅰに入れる。

「初期短篇綴等」のスケッチ風・随筆風な作品は含める。

全作品を三つに分けると言いながら、更にそれらを二分して、六つに分類するなどインチキではないかと思われているかもしれません。実はこの六分割だって単純にはいかないのです。それでも三つに大きく分けることで、賢治さんの童話創作のある軌跡がとらえられた、と私は信じているのです。ですから、まず大きく三分割するということを念頭においてください。

しかし細部も大切ですから、まずⅠとⅡの分け方の問題点に触れておきます。

「異世界の物語・A型」で、A—Ⅱは、ちょっと人が登場する、いわばA型の例外なのですが、「フランドン農学校の豚」の場合は、人間（校長）は脇役ですが、豚との関連は濃密です。一方同じA—Ⅱの「まなづるとダアリヤ」の場合の人間（ダァリヤを折った人）の役割は、それと同じとは言えません。そういう濃淡には目をつむって、形で扱っていると理解してください。

またC—ⅠとC—Ⅱの境界線も、微妙です。どこまでを「空想的・超現実的・説話的な虚構性」とするのか、その判断は主観的になりやすい。ですからC—Ⅱは、生活体験や観察に基づいた、リアリズム作品に限定し、それ以外はすべてC—Iに入れるようにしました。
しかしそれでも分類上疑義の残りそうなものには、判断の根拠を示す注をつけました。

3 分類した作品群とその配列のしかた

賢治さんの童話のうち、制作年のはっきりしたものは少ない。明記されたものでも、それが着手した時なのか、書き終えた時なのか、定かでないものもあります。そのあたりの詮索は一応棚上げして、型に分けたものを時代順に並べてみます。

成立年は、『注文の多い料理店』所収の作品は、初版本の目次に記された年月日を、雑誌・新聞等に発表されたものはその発行年を、原稿に年月日のあるものはその年をもって、それぞれの該当年に（他の作品に先立って、＊印をつけて）置きました。

その他、制作年不明の作品は、『別冊國文學・No.6　宮沢賢治必携』（佐藤泰正・編 '80春季号 學燈社）の「賢治童話事典」（編・小沢俊郎他）を中心に、原子朗著『新宮澤賢治語彙辞典』の「宮澤賢治年譜」に拠りました。それでもはっきりしないものは、底本の『〔新〕校本宮澤賢治全集』（以下『新校本全集』）の収録順序に従いました。原稿用紙の種類や使用したインクの区別から、制作年度を推定する作業は信頼できるものですし、それ以上の考察の術を私がもっていないからです。

『新校本全集』第八巻童話〔I〕から第十二巻童話〔V〕にある全作品の中で、初期形とある作品は省きました。二重に数えることを避けるためです。その省いたものは、次の通りです。

（1）すべての初期形。
「ひのきとひなげし〔初期形〕」「畑のへり〔初期形〕」「月夜のけだもの〔初期形〕」「山男の四月〔初期形〕」「かしはばやしの夜〔初期形〕」「連れて行かれたダァリヤ〔「連れて行かれたダアリヤ」初期形〕」「葡萄水〔初期形〕」（以上第八巻から7編）
「猫の事務所〔初期形〕」「〔フランドン農学校の豚〕〔初期形〕」
（以上第九巻から2編）
「やまなし〔初期形〕」「〔銀河鉄道の夜〕〔「銀河鉄道の夜」初期形一〕」「〔銀河鉄道の夜〕〔「銀河鉄道の夜」初期形二〕」「〔銀河鉄道の夜〕〔「銀河鉄道の夜」初期形三〕」
（以上第十巻から4編）
「北守将軍と三人兄弟の医者〔初期形〕」
（以上第十一巻から1編）
（2）「雪渡り〔発表後手入形〕」
（第十二巻から1編）
（3）劇　全五作
（第十二巻から5編）
（1）～（3）までの合計20編。
また逆に初期形とも考えられますが、次に挙げたような、形式や題名を異にするものは省きませんでした。

（1）「三人兄弟の医者と北守将軍〔散文形〕」「三人兄弟の医者と北守将軍〔韻文形〕」

（2）「〔ペンネンネンネンネン・ネネムの伝記〕」「グスコンブドリの伝記」「グスコーブドリの伝記」

（3）「ビヂテリアン大祭」「一九三一年度極東ビヂテリアン大会見聞録」。

以上の事項を踏まえて、賢治さんの全散文作品をA・B・C、そのⅠ・Ⅱ型に分けてみます。題名の後の（　）内は使用原稿用紙の略号。（無）は原稿が失われて無いもの。また略号の後の「ゥ」はその原稿用紙の裏面を使用したことを示します。原稿が二つ存在する場合は（　）二つで示しました。

4　異世界の物語・A型に属する作品

〈年次〉	〈A―Ⅰ型の作品〉	〈A―Ⅱ型の作品〉
大8（一九一九）年		〔手紙一〕（無）
大10（一九二一）年	＊烏の北斗七星（無）	双子の星（イ）

	蜘蛛となめくぢと狸（イ） 貝の火（イ） いてふの実（イ） よだかの星（草） めくらぶだうと虹（草）（注1） 鳥箱先生《とりばこせんせい》とフゥねずみ（草） 〔若い木霊《こだま》〕（草ウ） （一枚のみ広）（注2） 連《つ》れて行《ゆ》かれたダアリヤ（広）（注3）	気のいい火山弾（草） 「ツェ」ねずみ（草）（注4）
大10~11年（一九二一~二二）	クンねずみ（広）（注4） 〔けだもの運動会〕（広） カイロ団長（広） 蛙の消滅（広） 〔ペンネンネンネンネン・ネネムの伝記〕（広・印）（注5）	
大11（一九二二）年		＊水仙月《すゐせんづき》の四日《よっか》（無）（注6） まなづるとダアリヤ（広）（注3）

		畑のへり（イ・広）
大12（一九二三）年	*やまなし（無） *シグナルとシグナレス（無） 二十六夜（10 20） おきなぐさ（10 20） 土神ときつね（10 20） 林の底（10 20）	黒ぶだう（丸）
大13〜14年（一九二四〜二五）	寓話 洞熊《ほらくま》学校を卒業した三人（イ・B形ゥ） 蛙のゴム靴（広）	〔フランドン農学校の豚〕（印・10 20）（注8）
大15・昭1年（一九二六）	*寓話 猫の事務所（無）（注7）	
昭6〜8年（一九三一〜三三）	*朝に就ての童話的構図（無） ひのきとひなげし（イ・その他）	

注1　「めくらぶだうと虹」はぶどうと虹の対話でA―I。「マリヴロンと少女」は歌手と少女の対話でC―I。

注2　「若い木霊」と「タネリはたしかにいちにち噛んでゐたやうだった」は、内容に共通性がある。森へ行き種々の木や鴇《とき》に声をかけるのが、前者は木霊であり、後者はこどものタネリであるから、前者はA―I、後者はB―I。

注3　「連れて行かれたダアリヤ」（A―I）と「まなづるとダアリヤ」（A―Ⅱ）は前者の鴇が、後者でまなづるに変わり、他の変化もあるが、後者には「顔の黄いろに尖ったせいの低い変な三角の帽子をかぶった人」にダアリヤが折られてしまうところが、前者の「闇につれられて」消えてゆくところと異なっている。

注4　「ツェねずみ」は「鳥箱先生とフウねずみ」や「クンねずみ」と同じにA―Iでもいいが、人間が登場する点でA―Ⅱとした。

注5　「〔ペンネンネンネンネン・ネネムの伝記〕」は話全体が「ばけもの世界」であり、ネネムが「人間の世界」へ出現したことが物語のラストで語られる。従って異世界の物語。

「グスコンブドリの伝記」と「グスコーブドリの伝記」の舞台は空想科学的なところもあるが人間界の話であることは間違いないから、この二つはC―I。

注6　「水仙月の四日」の「子供」（人）は「雪童子《ゆきわらす》」らの世界の単なる脇役とはいえない。しかし「どんぐりと山猫」などのように、人間が異世界に意識的に出掛けていったのではない。「子供」が「雪童子」の世界にとりこめられて、もどると考えれば、B―Iの要素もあるが、それが「子供」の意識の中にあるわけではないし、視点が異世界側にあるからA―Ⅱに入れる

注7　「寓話　猫の事務所」は、例えば「みなさんぼくはかま猫に同情します〔。〕」等語り手の人間らしい

ものが顔を出す。最後にも「ぼくは半分獅子に同感です。」とある。猫の世界を中心に描いていると解釈してA―Iに入れる。

注8 「〔フランドン農学校の豚〕」は豚を中心にそれをとりまく人間（学生・教師）を描いているが、「猫の事務所」と同様「大学生諸君、こんな散歩が何で面白いでせう。」といった語り手の感想も入る。人間の描き方が単なる脇役でもないが、豚と話すのは「校長」のみで、その他は豚との交流はない。一応A―Ⅱに入れる。

5 異世界と人の交流物語・B型に属する作品

〈年次〉	〈B―I型の作品〉	〈B―Ⅱ型の作品〉
大10（一九二一）年	＊かしはばやしの夜（無） ＊月夜のでんしんばしら（無） ＊鹿踊《ししおど》りのはじまり（無） ＊どんぐりと山猫（無） ＊注文の多い料理店（無） ＊狼森《おいのもり》と笊森《ざるもり》、盗森《ぬすともり》（無） ＊雪渡《ゆきわた》り（無） さるのこしかけ（草）	

	竜と詩人（和半紙）	
大10～11年（一九二一～二二）	十力《じゅうりき》の金剛石《こんごうせき》（広） ひかりの素足（印・広・10 20） よく利く薬とえらい薬（広・印） 青木大学士《あをきだいがくし》の野宿《のじゆく》（草・広・10 20）（広・10 20）注9	とっこべとら子（広）注10
大11（一九二二）年		＊山男の四月（無）注11
大12（一九二三）年	茨海《バラウミ》小学校（10 20） 楢《なら》ノ木大学士の野宿（10 20）（10 20・B形）注9 サガレンと八月（洋半紙）注12	＊氷河鼠《ひょうがねずみ》の毛皮（無） 〔みあげた〕（印）注13 風野又三郎（B形）（印・10 20）注14 マグノリアの木（10 20）注13 インドラの網（10 20）注13 雁の童子（10 20）注13 〔祭の晩〕（B形）

大13~14年（一九二四~二五）	タネリはたしかにいちにち噛《か》んでゐたやうだった（丸）注2・12 月夜のけだもの（イ）注15 〔ポランの広場〕（B形）	紫紺染《しこんぞめ》について（B形）
大15・昭1年（一九二六）		＊オツベルと象（無） ＊ざしき童子《ぼっこ》のはなし（無）注10
昭2~5年（一九二七~三〇）	なめとこ山の熊（洋半紙）注16 ポラーノの広場（B形）（洋半紙・印・B形ゥ）	
昭6~8年（一九三一~三三）	銀河鉄道の夜（丸ゥ・丸・草ゥ印ゥ・その他）	セロ弾きのゴーシュ（洋半紙・和半紙・その他）

注9　「青木大学士の野宿」「楢の木大学士の野宿」はともに、夢で岩頸という異世界へ行く。夢を見ただけととればC－Iだが、その異世界に物語の中心があるとみた。

注10　「とっこべとら子」「ざしき童子のはなし」はどちらも昔話が基になっているが「狐」「ざしき童子」を異世界とみなし、それらが人間界に出現する話と解してB－Ⅱに入れる。

注11　「山男の四月」初期形・最終形とも山男の夢物語という枠に納められていると考えると、山男の世界

＝異世界でどちらもA－Ⅰ。その夢の中に「支那人」や日本人（初期形）が出てくる。それらは脇役であり、どちらも山男の側から描いているところから、A－Ⅱともとれる。しかし夢という枠はあるが、夢の中身すなわち異世界の山男が人間の町にやってくるというところに物語の中心があると解釈して、B－Ⅱに入れる。

注12　「サガレンと八月」の後半タネリが犬神によって海の底へつれて行かれる。物語はそこで中断しているが「タネリはたしかにいちにち噛んでゐたやうだった」の関連で一応ここに入れる。

注13　いわゆる西域童話のここでの分類は難しい。「雁の童子」は天の子が地上に来たという話を聞くというのであり、「インドラの網」も大寺の廃趾から発掘された壁画の中の子どもに会うという内容であって、B－Ⅱと考えられる。「マグノリアの木」はこれもマグノリアの木を讃える「たゞの子供らではない」子どもに会う設定である。子どもという共通項だけでなく、三編とも旅するものの体験であり宗教意識が濃い故をもって、また「〔みあげた〕」も同類の断片として、同じに扱った。

注14　「風野又三郎」は、「〔九月一日〕」の章は視点が人間の側にあるが、「〔九月三日〕」の章の途中から「〔九月九日〕」までは視点が又三郎に移り、最終章「〔九月十日〕」で人間（村童）の方にもどっている。「風野又三郎」の又三郎は、「風〔の〕又三郎」の又三郎（高田三郎）とは違い、風の精とみてよいから異世界のものが人間を訪れるとみてB－Ⅱに入れる。「風〔の〕又三郎」の方は村童物語（C－Ⅱ）である。

注15　「月夜のけだもの」初期形・最終形とも内容は同じだが、最終形には「わたくし」が三回登場、「わたくし」がけむりか月あかりに溶け込んで、動物の世界へ入ることになる。初期形はA－Ⅰだが、最終形は「わたくし」の介在でB－Ⅰになるが、物語のラストは初期形と同じである。

注16　「なめとこ山の熊」　熊を撃ちに熊の世界に行くという点でB―Ⅰに入れる。

6　人の物語・C型に属する作品

〈年次〉	〈C—I型の作品〉	〈C—II型の作品〉
大6（一九一七）年	＊「旅人のはなし」から（無）	
大7（一九一八）年	＊復活の前（無） ＊〔峯や谷は〕（無）	
大8（一九一九）年	〔手紙二〕（無） 〔手紙三〕（無）注17	
大9（一九二〇）年		＊丹藤《たんど》川（広） ＊秋田街道（印） ＊沼森（広） ＊柳沢（印） ＊猫（広） （＊）ラジュウムの雁（印） ＊女（印） ＊うろこ雲（印）

大10（一九二一）年	馬の頭巾《ずきん》（草）注18 〔若い研師《とぎし》〕（広・イ） 研師と園丁《えんてい》（草ゥ・広ゥ・イゥ）	＊電車（印） ＊床屋（広） ＊図書館幻想（広） 種山《たねやま》ヶ原《はら》（草）
大10〜11年（一九二一〜二二）		十月の末（10 20・広）
大11（一九二二）年		＊花椰菜《はなやさい》（印） ＊あけがた（印） ＊山地の稜（印）
大12（一九二三）年	三人兄弟の医者と北守将軍〔散文形〕（印） 鳥をとるやなぎ（10 20）注19 化物丁場《ばけものちやうば》（10 20）注19 革トランク（10 20）注19 黄いろのトマト（B形・10 20）	毒蛾《どくが》（印） 谷（10 20） 二人の役人（10 20） 葡萄水（広）（10 20） バキチの仕事（10 20ゥ） 台川（洋半紙）

大13~14年（一九二四~二五）

チュウリップの幻術（10 20）
ビヂテリアン大祭（10 20）
〔三人兄弟の医者と北守将軍〕〔韻文形〕（10 20）
学者アラムハラドの見た着物（10 20）
ガドルフの百合（10 20）
みぢかい木ペン（10 20ゥ・洋半紙）注20
車（丸）注21
氷と後光（習作）（丸）注21
四又《よまた》の百合《ゆり》（丸）
虔十《けんじふ》公園林《りん》（丸）
毒もみのすきな署長さん（印・イ）（B形・丸ゥ）
〔税務署長の冒険〕（芳ゥ・洋半紙）
マリヴロンと少女（草）注1

イーハトーボ農学校の春（丸）
イギリス海岸（丸）
耕耘部《こううんぶ》の時計（丸）
さいかち淵（丸）

	一九三一年度極東ビヂテリアン大会 見聞録（10 20・10 20ゥ・広ゥ） 〔手紙四〕（無）	
昭2～5年 （一九二七～三〇）		〔或る農学生の日誌〕（洋半紙）
昭6～8年 （一九三一～三三）	＊北守将軍《ほくしゅしょうぐん》と三人兄弟の医者（無） ＊グスコーブドリの伝記（無）注5 グスコンブドリの伝記 （広・印・その他）注5	＊疑獄元凶《ぎごくげんきょう》（和半紙） 風〔の〕又三郎 （B形ゥ・その他）注14 花壇工作（和半紙） 大礼服の例外的効果（和半紙） 家長制度（広） 泉ある家（和半紙） 十六日（和半紙）

注17 「〔手紙三〕」は物語性が薄く、この分類ではどこへも入らない。ひとまずC―Iに入れておく。
注18 「馬の頭巾」は馬の話であるから、A―IIに入れてもいいが、話の視点が人間側にあるのでここに入れる。
注19 「鳥をとるやなぎ」「化物丁場」「革トランク」などは体験的側面もあるのだが、内容が超現実的なものは一括してC―Iにまとめた。
注20 「みぢかい木ペン」は村童物語だが、不思議な鉛筆という設定で一応村童物語から区別する。
注21 「車」「氷と後光（習作）」は特に作為がある訳ではないが、村童物語でもないためC―Iに入れる。

7　使用原稿用紙から見えるもの

作品成立の時期の手掛かりとされるものに、使用原稿用紙があります。賢治さんの直筆の原稿を、今見ることはだれにも容易ではありませんが、賢治さんの全集はよくできていて、その『新校本全集』第十六巻（上）「補遺・資料　草稿通観篇」には、使用された原稿用紙の詳細と、その草稿通観が載せられています。

先の、賢治さんの作品を三つの型に分けた作品名の下の（　）の中に、略号で示したものがそれです。ただ賢治さんの場合は、それらにきちんと書くばかりでなく、他の作品の裏面を使ったり（原稿用紙略号の下にゥで表記したもの）、原稿用紙以外の用紙を使ったり、初期形を推敲・改作する形で、二次稿・三次稿を作ったりしましたから、複雑でその整理は並大抵ではありません。

ここまでは、通説に基づいて製作年代を決め、区分しましたが、問題があります。その、通説の成立時期推定の根拠も、使用原稿用紙から出ているのですから、結局は同じことをすることになるのですが、その『新校本全集』の「補遺・資料　草稿通観篇」によって、もう一度作品制作年の検討をしてみようと思います。

賢治さんの作品の三つの型の作品の下に記した原稿用紙と、その他の用紙の略号は次の通りです。

略号	原稿用紙
イ	「10 20（イ）イーグル印原稿紙」
草	「10–20 イーグル印原稿用紙」
広	「10 20（広）イーグル印原稿紙」
印	「10 20（印）イーグル印原稿紙」
10 20	「10 20」原稿用紙
丸	「丸善特製 二」原稿用紙
B形	「B形 10 20 イーグル印原稿用紙」
芳	「芳文堂特製紙」原稿用紙

その他の用紙
洋半紙　　和半紙

これら原稿用紙の使用時期について、同全集では、いずれも確定できないとしながらも、次のように定めています。ここでは推定された根拠は割愛して、その結果だけを要約します。

「イ」は、書簡に使用された限りでいえば、「大正十年夏のごく短い間だけ使用されたこと」と、「童話草稿用紙中最も古く用いられたものかと推定される」。

「草」は、「『注文の多い料理店』の刊行時（大正十三年十二月）以前にこの用紙が用いられていたことは確実であること」と、「この用紙の使用時期は次の『広』よりも前であったと推定される」。

「広」は、「『草』より後であり、また『10 20』よりは前であることは（中略）明らかである」。また「次の『印』とは共存関係にあったことは（中略）明らかであろう」としている。また、『初期短篇綴』に収められた草稿の末尾に付された日付が作品成立日付あるいは清書完了日付を示す可能性もあるので、一応その上限・下限を見ると、大正九年五月（中略）～十年十一月（中略）である」としている

「印」は、「広」と並行して用いられたと考えられ、大正十一年五月二十一日から大正十二年末ご

ろ、この二種用紙が使用されていたことは、言えそうである。

「以上の四種『イ』→『草』→『広』→『印』の使用順は、『〔若い研師〕』系作品群（中略）の草稿用紙の構成にも一致する」。

「10 20」は、「童話草稿中圧倒的に枚数の多いこの用紙の使用時期が既出の『イ』『草』『広』『印』より後であることは前述のとおり」であり、「この用紙の使用時期が『丸』『B形』より前であったと推定できる。」

「丸」は、「詩集『春と修羅』（大正十三年四月刊）印刷用原稿にまとまって使用されており、おそらくその清書用に、大正十二年後半に一括購入されたものと思われる。」「次の『B形』とは共存した時期があったと考えられるが、」「少くともこの用紙の方を『B形』よりさきに使用しはじめたのではないかと想像させる。」

それらを基に整理しますと、次のことが言えるのではないでしょうか。

①　使用原稿用紙から、制作年代が判断されたのだから当然だが、同種の原稿用紙は、ほぼ同年代に使用されている。

ただし、それが言えるのは、せいぜい大正十二（一九二三）年までで、特に一九二六年以降の作品は、原稿が失われたものや、和半紙が使用されたものを除けば、多様な原稿用紙から構成されている。

② 公表された重要な作品の元原稿はほとんど存在しない。

③ 「童話草稿中最も古く用いられた」と推定される「イ」原稿用紙に書かれた童話は、A型に集中している。

④ 二番目に古いと目される「草」原稿用紙に書かれた童話もA型が多いが、B型にもC型にも使われている。

⑤ 三番目に古い「広」原稿用紙は、A―Ⅰ型とC―Ⅱ型に多く使われている。C―Ⅱ型の作品「丹藤川」の草稿末尾には、「青インク」で一九二〇年五月の日付があり、これは作品成立日付、あるいは清書完了の日付を示す可能性があるとされる。

「広」の原稿用紙は一九二〇（大正九）年に使われたということが可能である。同じように「沼森」には一九二〇年九月、「猫」には一九二〇年五月の日付があるから、

⑥ 「印」原稿用紙に書かれた作品の主力は、C―Ⅱ型であり、⑤に挙げた初期短篇綴に含まれる「秋田街道」などである。これらにも一九二〇年から一九二二年すなわち大正九年から十一年の日付がある。

⑦ 「10 20」の原稿用紙は、童話草稿に多く使われただけにどの型にもわたっているが、C―Ⅰが、次いでA―Ⅰ・C―Ⅱ・B―Ⅱ型に多い。

⑧ 「丸」原稿用紙に書かれた作品は、C―Ⅰ・C―Ⅱ型に集中している。

以上をまとめますと、①でいったことですが、同種の原稿用紙はほぼ同年次に使われました。また、③から⑧までで、同種の原稿用紙は、同じ型の作品に使われていることが多いといえますから、賢治さんは、童話執筆に際して、年次によって、六型の中の一つにこだわった傾向があったと指摘できます。つまり賢治さんは、色々な型の童話を同時に書いていったのではなく、ある年次にはある型の童話を連続して書いた、と言うことができます。

8　型の分布

賢治さんの童話を年次に分けてみてきました。それを少しまとめて、次に前期・中期・後期に分けて考えてみます。

年代区分は、研究者によっていくぶん違いますが、ここでは、前期を大正九（一九二〇）年まで、中期を二つにわけて前半を大正十一（一九二二）年、後半を大正十四（一九二五）年まで、後期を大正十五（一九二六）年から終焉までとしました。

前期は、大正十年一月の突然の上京までの時期で、年表によれば、短歌が終わりに近づき随想的短編は書かれましたが、童話は家人の前で朗読されたとされる程度で、短編を除けば作品は、質量ともに十分でない時期です。

中期には問題があります。作品数も多く、その成立年代もはっきりしないこの時期を、どうして大正十一（一九二二）年までの前半と、それ以降の後半とに分けるのか、です。この中期とした五年間は、制作意欲の最も旺盛な時期だったといえます。その五年間を、制作年代のはっきりしないまま、大まかに包み込むより、少しでも細分化した方が何か判るかもしれない、と言ったあやふやな理由からですが、結果的には、良かったと思います。

後期は、大正十五年三月、花巻農学校を退職したあと没するまでの、成熟した比較的長い作品群を残した時期です。

そんなわけで、三つに分けるところが、前期、中期前半、中期後半、後期の四つの時期に分けることになりました。その四つの時期に、A・B・C、その各Ⅰ・Ⅱ型に属する作品がいくつ書かれたか、を数えてみることにします。この場合作品の長さ、大小などは関係なく、列挙したものを機械的に数えることにします。──「表　賢治童話の型の分布」

この、表「賢治童話の型の分布」から、各時期の特色として、次の点が指摘できます。

一　前期には、C─ⅠとC─Ⅱ型、つまりC型が多い。A・B型の作品はほとんど無い。

二　中期前半では前期に比べ、A型とB型が非常に多くなっている。その中でもA─Ⅰ型とB─Ⅰ型は前期になかったのに突如増加している。C型は、前期とほぼ同じ傾向を示している。

三　中期後半では、中期前半に比べ、A型B型はすでに減少傾向にある。ただしB─Ⅱ型は増

表　賢治童話の型の分布

<table>
<tr><th colspan="3" rowspan="2"></th><th colspan="4">異世界の物語
A型</th><th colspan="4">異世界と人の交流
物語　B型</th><th colspan="4">人の物語
C型</th></tr>
<tr><th colspan="2">Ⅰ</th><th colspan="2">Ⅱ</th><th colspan="2">Ⅰ</th><th colspan="2">Ⅱ</th><th colspan="2">Ⅰ</th><th colspan="2">Ⅱ</th></tr>
<tr><td rowspan="4">前期</td><td colspan="2">大6（1917）</td><td>0</td><td rowspan="4">0</td><td>0</td><td rowspan="4">1</td><td>0</td><td rowspan="4">0</td><td>0</td><td rowspan="4">0</td><td>1</td><td rowspan="4">5</td><td>0</td><td rowspan="4">8</td></tr>
<tr><td colspan="2">7（1918）</td><td>0</td><td>0</td><td>0</td><td>0</td><td>2</td><td>0</td></tr>
<tr><td colspan="2">8（1919）</td><td>0</td><td>1</td><td>0</td><td>0</td><td>2</td><td>0</td></tr>
<tr><td colspan="2">9（1920）</td><td>0</td><td>0</td><td>0</td><td>0</td><td>0</td><td>8</td></tr>
<tr><td rowspan="5">中期</td><td rowspan="3">前半</td><td>10（1921）</td><td>9</td><td rowspan="3">14</td><td>3</td><td rowspan="3">6</td><td>9</td><td rowspan="3">13</td><td>0</td><td rowspan="3">2</td><td>3</td><td rowspan="3">3</td><td>4</td><td rowspan="3">8</td></tr>
<tr><td>10～11
（1921～22）</td><td>5</td><td>0</td><td>4</td><td>1</td><td>0</td><td>1</td></tr>
<tr><td>11（1922）</td><td>0</td><td>3</td><td>0</td><td>1</td><td>0</td><td>3</td></tr>
<tr><td rowspan="2">後半</td><td>12（1923）</td><td>6</td><td rowspan="2">8</td><td>1</td><td rowspan="2">2</td><td>3</td><td rowspan="2">6</td><td>7</td><td rowspan="2">8</td><td>15</td><td rowspan="2">20</td><td>10</td><td rowspan="2">10</td></tr>
<tr><td>13～14
（1924～25）</td><td>2</td><td>1</td><td>3</td><td>1</td><td>5</td><td>0</td></tr>
<tr><td rowspan="3">後期</td><td colspan="2">15・昭1（1926）</td><td>1</td><td rowspan="3">3</td><td>0</td><td rowspan="3">0</td><td>0</td><td rowspan="3">3</td><td>2</td><td rowspan="3">3</td><td>0</td><td rowspan="3">3</td><td>0</td><td rowspan="3">8</td></tr>
<tr><td colspan="2">昭2～5
（1927～30）</td><td>0</td><td>0</td><td>2</td><td>0</td><td>0</td><td>1</td></tr>
<tr><td colspan="2">6～8
（1931～33）</td><td>2</td><td>0</td><td>1</td><td>1</td><td>3</td><td>7</td></tr>
<tr><td colspan="3">小計
（全編134比較）</td><td colspan="2">25
（18.6%）</td><td colspan="2">9
（6.7%）</td><td colspan="2">22
（16.4%）</td><td colspan="2">13
（9.7%）</td><td colspan="2">31
（23.1%）</td><td colspan="2">34
（25.3%）</td></tr>
<tr><td colspan="3">型別計
（全編134比較）</td><td colspan="4">34
（25.3%）</td><td colspan="4">35
（26.1%）</td><td colspan="4">65
（48.5%）</td></tr>
</table>

加している。増加したという点で顕著なのはC—I型である。C型の作品が前期同様多く書かれている。

四　後期は、A・B・Cすべての型で中期より作品数が減少している。A—Ⅱ型の作品はないが、それ以外はいずれも長い問題作が書かれている。

五　作品をABCの型に分けた場合、トータルで一番多く書かれた型はC型、人が中心の物語である。またA型ではI型、つまり登場するのが人以外で構成されたものが主流で、B型でもI型、つまり人が異世界に行く話が主流ということができる。

9　手始めはやはり昔話的

作品の年代分布に、賢治さんの生涯を重ねながら、さらに深く各時期を検討してみましょう。

前期、つまり大正九（一九二〇）年までの時期は、賢治さんの学生時代とその延長上にあります。宗教への関心は高まっていましたが、将来の自分の職業の確かな方向は、見出せないでいた時代です。自分の体力はいわゆる「労働」には向かない、家業も避けたい、あげく東京で鉱物の合成の事業を始めよう、というところにたどり着くのですが、これには父の許しが得られません。

一方このころの賢治さんの手紙には、「勉強したい」「本を読みたい」という本音のようなものが書かれていて、それは、「アンデルゼンの物語を勉強しながら」という、保阪嘉内氏への書簡でわかりますように、沸々たる文学への熱情が、抑えがたく現れている時期でもあるのです。

それは胸の内に秘められていただけではなく、大正七年、鈴木三重吉の雑誌『赤い鳥』の「創作童謡童話募集」を契機に、職業作家としての道を模索しはじめたのではないかと、推測しました。

しかし制作年代の割合はっきりした作品だけから言えば、この時期は、短歌が中心です。散文作品は、いわゆる「初期短篇綴等」の八編と、「〔手紙〕」三編、同人雑誌『アザリア』に発表された小品などで、これらからいうと賢治さんの散文の出発は、スケッチ風の短編からと言えます。つまりC型が多いのは、童話ではない、これら習作群が占めているということになります。

表「賢治童話の型の分布」から、さらに何が読めるのか。賢治さんの作品の型と、原稿用紙の使用状況と、合わせて考えることにします。

「丹藤川」などの初期短篇綴が、原稿用紙「広」や「印」に書かれた（あるいは清書された）のは一九二〇（大正九）年。『新校本全集』の草稿通観篇は、原稿用紙「イ」と「草」が使われたのは、「広」「印」より前といっていますから、大正九（一九二〇）年より前ということになります。こう見てくると、「イ」が手紙に四回使われ、手紙に関しては大正十年夏に限られるかもしれませんが、もっと以前から使用されていたとも言えるわけです。

つまり原稿用紙「イ」に書かれた「蜘蛛となめくぢと狸」「双子の星」「貝の火」「いてふの実」、それに原稿用紙「草」に書かれた「よだかの星」「めくらぶだうと虹」「鳥箱先生とフゥねずみ」、表では割愛しましたが、初期形の「ひのきとひなげし」（初）「月夜のけだもの」（初）など、「イ」に書かれた作品群は、大正九（一九二〇）年以前に書かれた可能性がはっきり出てきます。

大正十年といえば、賢治さんが家出、出京した年です。東京でたくさんの童話を書いた逸話も残っています。それらがどの作品か特定はできませんが、出京中に買い求められた原稿用紙に書き上げられたのなら、前記の作品がそれに擬せられる可能性はあります。しかし同時に既にあった作品を在京中に清書したという可能性や、原稿用紙「イ」や「草」が、もっと以前に花巻で購入されたものである可能性もないわけではないですから、「イ」や「草」の原稿用紙に書かれた作品群の制作年代は、大正九年をさらにさかのぼることができるのではないでしょうか。

大正七（一九一八）年、賢治さんが読み上げたのを、弟清六氏が聞いたという記憶は、人間の記憶があまりあてにならないという意味で疑問はあるにしても、大正七年は、『赤い鳥』の創刊年であり、賢治さんが童話を書き出した契機として先に述べたように十分考えられますから、「蜘蛛となめくぢと狸」などが、童話の処女作として大正十年に制作されたという、現行の説に疑問をはさむ余地は十分にあるのです。

だから賢治さんは、短歌制作が終わる大正八年前後には、スケッチ風な短編も書いてはいたけれど、さらに重要なことは、職業童話作家を目指して、童話のいくつかを書いていたであろうことです。その作風は、これも重要なことですが、人間の登場しない、動植物を主人公としたA——

Ｉ型の童話でした。

賢治さんが、童話を書きはじめた時、その頭の中にあり、参考にしたのは、やはり昔話だったと言えるのではないでしょうか。

10　中期前半の中心は、異世界と人の交流物語

中期前半は、大正十（一九二二）年から大正十一年までです。

大正十年一月、突然上京、国柱会の高知尾智耀《たかちおちよう》師から勧められて法華文学を志し、一か月に三〇〇〇枚書いたという伝説を残し、妹トシさんの病気で帰郷した際には、大トランクにいっぱいの原稿が詰まっていたと伝えられています。十二月には稗貫農学校の教諭になり、『愛国婦人』に「雪渡り」を発表します。

大正十一年は、一月「心象スケッチ」が着手され、農学校で充実した落ち着いた生活を送りますが、妹トシさんを失った年でもあります。

表から言いますと、賢治さんがこの時期に書いたのは、主としてＡ―Ｉ型、Ｂ―Ｉ型、及びＣ―Ⅱ型でした。このうち、Ａ―Ｉ型は、先に述べましたように、賢治さんの文学活動からも、原稿用紙の使用状況からも、前期に繰り上げて考えることができ、Ｃ―Ⅱ型は、スケッチ風の習作短編（いわゆる童話ではない）で前期の延長上にあるとすれば、この中期前半を代表するのは、驚くほど完成度の高いＢ―Ｉ型の作品群だと言えます。Ａ―Ｉ型に比べて、作品の構成が重層的

であり、内容やテーマのとらえ方も、多彩で深い。その上成立年月日も記載されています。

後の童話集『注文の多い料理店』は、九編中この期のB—I型から六編が採られて編まれました。その『注文の多い料理店』の九編は、いずれも元の原稿がありません。その中で、「かしはばやしの夜」に付された成立年（らしいもの）は、一九二一年。「山男の四月」のそれは、一九二二年ですが、この二作品に限り残された初期形は、いずれも「草」原稿用紙ですから、その着手された年も一九二一（大正十）年をさかのぼることが可能であり、大胆に推論して他の七編も「草」であったとすれば、童話集『注文の多い料理店』の作品群全体も、大正十年より以前に着手されていたと推定することができますが、実際完成されたのはこの時期であります。

11　中期後半は、人の物語

中期後半は、大正十二（一九二三）年から大正十四年までです。『婦人画報』等へ持ち込んだ原稿は断わられたりしましたが、「やまなし」など数編の童話が、『岩手毎日新聞』に掲載され、花巻農学校でも気持ちよく教師をしていた時期であります。心象スケッチ『春と修羅』や童話集『注文の多い料理店』の出版もありました。

賢治さんはこの時期、中期前半に続けて、A型の方法を試み続けています。全体的に数はおちていますが、長さ・内容では充実した作品が多い。その中から自信作も出てきて、「やまなし」や「シグナルとシグナレス」を公表します。

この二作に加えて、この時期に生まれた「猫の事務所」(初期形)「二十六夜」「土神ときつね」、そして「寓話 洞熊学校を卒業した三人」など、人が主人公ではありませんが、主人公である動物の描き方をはじめとして、テーマに至るまで、まことに人間臭くなってきているようにみえます。それはA―Ⅱ型の「〔フランドン農学校の豚〕」にも言えて、次の時期の作風を予想せしめると言っていいと思います。

B―Ⅰ型は、中期の前半で傑作を多く生みましたが、後半では質量ともに落ちています。B―Ⅱ型の増加は、西域童話を加えたからですが、異世界から人間界にやって来る物語が多く書かれたということは出来ます。そのうち「氷河鼠の毛皮」の熊や、「紫紺染について」などの山男の人間界への出方は、昔話風に一次元的ですが、「雁の童子」などの西域童話の童子たちは、「山男の四月」の山男のように、人間界に入って来る道中や過程が、詳しく語られるという特徴があります。

しかし何と言ってもこの中期後半を決定づける特徴は、C―Ⅰ型の増加です。それは数の上で、これまでのA―Ⅰ型に匹敵し、それに取って代わったといえます。

C型は、人が中心の物語ですから、いわばA型とは対照的な位置関係にあります。

C型の中でもC―Ⅰが増えた意味を考えますと、一つは、前述したA―Ⅰ型の、動物を主人公に語るという方法は、心情心理を単純化し、明確に表現するには効果的でありますが、複雑繊細で主知的な心情の表現には、向かないと感じられたこと。今一つは、後述しますが、アンデルセンから、きわめて自然な形で人間を描くことで、物語を構成する術や型を得たことではないでしょうか。従ってそれまで、人間を描いても、C—Ⅱ型が多くスケッチ風であったところに、説話的空想的な虚構性を持ち込むことによって、人間の繊細で複雑な神経・心理・欲望・理知等の描出に成功したのではないでしょうか。

12 後期は、長編代表作の時代

後期は大正十五・昭和一（一九二六）年から死にいたるまでです。

花巻農学校を退職した後の独居生活。羅須地人《らすちじん》協会の発足と終焉。農民への肥料設計と東北砕石工場の仕事。無理がたたっての病。その中での「農民芸術論」と多くの詩業、小さい同人誌から依頼されて、童話「オツベルと象」「寓話 猫の事務所」、そして「北守将軍と三人兄弟の医者」「グスコーブドリの伝記」等を発表します。

この後期で特徴的なことは、死力を尽くして代表作が書かれたことと、それらが童話としての長編であったことです。A—Ⅰ型から「寓話 猫の事務所」、B—Ⅰ型から「なめとこ山の熊」「ポラーノの広場」と「銀河鉄道の夜」、B—Ⅱ型から「オツベルと象」と「セロ弾きのゴーシュ」、C—Ⅰ型から「北守将軍と三人兄弟の医者」と「グスコーブドリの伝記」、C—Ⅱ型から「風〔の〕又三郎」と挙げれば、まさに長編代表作が出揃います。

この後期の作品二〇編のうち七編には先行形があって、それらに手を加えたものですが、大きく改編されたのも特徴です。残りは、後期の中で書き始められ完成されたことになりますが、それでも、「銀河鉄道の夜」のように改稿を重ねられたものもあります。

この後期に書かれた代表作は、A―Ⅱ型を除く五つの型に属しているのも興味深いことに思われます。またこの後期のA型B型の作品は、前・中期の、元々のA・B型の特徴を崩して、よりC型に近づいていると言えます。「猫の事務所」も「なめとこ山」も「銀河鉄道」も「オツベル」も「ゴーシュ」も、さまざまな人間の物語という印象が濃く出ています。

13　賢治さんへの外国文学の影響

最初にも言いましたように、賢治さんが童話を書きはじめたとき、周囲には童話のお手本になるような様々なスタイルの童話はありませんでした。賢治さんは、子どもの読物としては、自分がなじんできた昔話を基いにして出発したことは、自然のなりゆきでした。それがA型で、異世界の物語でした。

それにつづく短い期間の中で、型はおおざっぱに言ってB型、C型と変化してゆきます。その変化は、もちろん賢治さん自身の努力で進められてゆきますが、賢治さんに影響を与えたものもあったにちがいありません。

賢治さんが、アンデルセンに出会ったのは、大正七（一九一八）年十二月十六日の保阪嘉内氏への書簡（『新校本全集』書簡ナンバー95）にある、「アンデルゼンの物語を勉強しながら」の頃です。

また、『イーハトヴ童話　注文の多い料理店』の広告ちらし（大）「一九二四、一一、一五発行新刊書御案内……童話」の文中には、「強《しい》て、その地点を求むるならばそれは、大小クラウスたちの耕してゐた、野原や、少女アリスガ《ママ》辿つた鏡の国と同じ世界の中、テパーンタール砂漠の遥かな北東、イヴ《ママ》ン王国の遠い東と考へられる。」という一文があります。

この中の「大小クラウス」は、アンデルセン童話の中の人名ですし、「少女アリス」は言うまでもなくルイス・キャロルです。「デパーンタール砂漠」は、インドの詩人タゴールの『新月』（一九一四）に出てき、「イヴン王国」は、トルストイの作品に拠っています。

賢治さんの蔵書リストにも、ルイス・キャロルはありました。

賢治さんが童話を書き始めたのは、雑誌『赤い鳥』が創刊された大正七（一九一八）年で、はじめのうちは、自身が馴染んだ昔話の方法だったろう、と推論しました。

しかし賢治さんは、童話を書きだしたすぐ後には、アンデルセンに学び、それから一九二四年（大正十三）頃までの七年間に、アンデルセンのほかに、ルイス・キャロル、タゴール、トルストイなどを勉強したといえます。

この時期は、型の分布でいえば中期後半頃までの、賢治さんが、短篇の傑作をたくさん書いた時代にぴったり一致します。その後に代表作の長編が書かれるのですから、この時期は作家としての賢治さんの充実した時期だったと考えられます。

動植物を主人公とした童話（A―I型）を書いた賢治さんは、次に人間と動植物との交流を描く必要に迫られていました。ある部分を取りだし、仮面と衣裳をつけさせて「人間」を描くのではなく、社会の中で現実に生きている人間、百姓にしても少年にしても普通に生きている人間、それをどう描くか。

「注文の多い料理店」の「二人の若い紳士」も、「かしはばやしの夜」の「清作」も、山猫や柏の世界とは異なる、それぞれの世界に住み、それぞれの生活を背負って生きています。異なる世界に住むものが出会うとなれば、自然科学的に考えても、合理主義的に考えても、一次元的に描くわけにはいきません。

そこで賢治さんは、昔話で馴染んでいた異郷への往還を、異次元世界への橋渡しという新しい意味を持たせて、登場させました。つまりA—I型の童話の中に、人間を持ち込むことに成功したのです。この時期がB型が増加した中期です。この時期にルイス・キャロルを読んだのですから、当然ファンタジーの方法はキャロルから学んだとしたいところです。そういう論もたくさんあります。しかし私はあえて賢治さんは昔話から学んだと書きました。

ここでもう一度ファンタジーの方法を考えてみましょう。

14　ファンタジーの方法

B型の物語は、人が人の世界とは異なる世界へ行ったり、人以外のものが人の世界にやって来る物語で、動物などと人間との交流を描いています。その型の物語は、前期には見られませんでしたが、中期（大正10〜14年）になって急増しました。

昔話では、人が動物たちとごくふつうに交流する話は多く、そのつながりは一次元性といって、人と動物が同じ平面で区別なく生活しているというものでした。このメルヘンの本質は、日本の昔話にも、通用すると考えられます。

賢治さんの童話に「どんぐりと山猫」というのがあります。物語の冒頭、一郎のうちに「おかしなはがき」が来て、一郎が、栗の木やりすに道を尋ね尋ね、山猫の居場所を探すのは、人と山猫の世界を同じ平面（次元）で扱っているのですから、これも昔話と同じ一次元的な描き方だといえます。

現実世界と、山猫の異世界との隔たりは、道中という形で、一応は描き分けられていますが、両世界の境界はあいまいです。それでは賢治さんの作品のB型すべて、人と異世界のものとが一次元的に交流しているのかといえば、それはそうではありません。

「鹿踊りのはじまり」や「注文の多い料理店」などを例にとりますと、人間に鹿や山猫の言葉が理解できるというところは一次元的ですが、それは異世界へ入った時に限られるのであって、人の住む世界と動物の住む世界とは、意識的に描き分けられています。そのための仕掛けが、現実世界と異世界の間に設けられています。

その仕掛けは、ファンタジー論にいう、ファンタジー世界への入り口出口です。その観点でB―Iの作品群を眺めてみますと、先に挙げた「鹿踊りのはじまり」「注文の多い料理店」はもちろん「どんぐりと山猫」「かしはばやしの夜」等にも濃淡はあるものの異世界への入り口出口があることは、先の「異世界への行き方」で見た通りです。

ですから、これらの童話は昔話（メルヘン）ではなく、近代的なファンタジーと呼ぶ方が適切であります。

ところでそのファンタジーの定義ですが、佐藤さとるは、『ファンタジーの世界』の中で、メルヘンとファンタジーを比較して次のように言っています。

メルヘンの特質を、次にまとめてみる。

①メルヘンの世界は一次元性である。

②メルヘンの登場人物は類型から出ない。

③メルヘンの世界は、人々の心の内面にある共通の非現実を、そのまま外へ持ちだして広げたものと考えられる。

おそらく、メルヘンの特質はほかにもあるにちがいないが、この三つだけ抜き出したのには理由がある。つまり、これらが原則としてファンタジーの対極にある特質と思えるからだ。

①に対して、ファンタジーの多くは二次元性の物語世界を持っている。

②に対して、ファンタジーの登場人物は、内面世界を持った個性として描かれる。この点でリアリズムの申し子といえる。

③に対して、ファンタジーは一人の作者の心の中（内面世界）にはいりこんで物語る形式。

ファンタジーの①を説明して、「二次元性の物語世界とはどういうことかというと、物語の中でも現実と非現実は区別されていて、無定見にまぜ合わせたりしないのである。いわば二重構造になっていて、現実から非現実へ、あるいは逆に非現実から現実へと移り渡るにも、それなりの定則が用意される。」と言っています。

これらを先に挙げた賢治のＢ－Ｉの作品群に照らしてみると、一部例外はあるかもしれないが、ファンタジーの①②③の条件を満たしている、と私は思います。

しかし佐藤さとるは言います。

宮沢賢治をファンタジー作家と呼ぶのはあやまりだろうと思う。彼の作品は、この本でいうファンタジーの本質（＝さきほどのファンタジーの定義　筆者注）からは、かなり離れた位置にあって、とうぜん、創作メルヘンにはいるものが大部分だからだ。

佐藤さとるが、賢治さんの作品について、ファンタジーではないと言っているもう一つの理由は、「ファンタジーの意図する平明で具体的なイメージの伝達という面からは、かなり難解な作」だという指摘です。「銀河鉄道の夜」で、ジョバンニが銀河鉄道の列車に乗り込む場面で、「どこからどのように列車がやってきて、いつどのようにしてジョバンニが乗りこんだのか、ファンタジーであれば説明が必要だが、賢治はいっさいふれないままだ。」といいます。

つまり非現実世界へゆく（銀河鉄道の列車にのる）場面がリアリズム的手法で描かれていないから、メルヘンだと言っているのです。

一般に「銀河鉄道の夜」をファンタジーといっているのは、銀河を旅する列車の窓外に展開する、無類に美しい、この世ならぬファンタスティックな風景や物語をさしていっているので、正確な意味でのファンタジーとはそういうものではないということは理解できますから、「銀河鉄道の夜」のこの部分に関しては、佐藤さとるの論の通りだと言えても、童話集『注文の多い料理店』に収められたいくつかの作品や、B―I型の作品では、現実と非現実の区別や、登場人物の個性や内面は十分描かれていると思います。ですから賢治さんの童話はここにきて、ファンタジーの方法を獲得して、すぐれたファンタジー作品になり得たのだと思います。

ところでそのファンタジーの方法を、賢治さんがルイス・キャロルから得たかが問題ですが、もちろん全く否定はできませんが、前章の「ルイス・キャロルか昔話か」で書いたように、B―I型の童話の内容からいえば、昔話の影響が強かったといえると思います。

15　アンデルセンから学んだもの

賢治さんがアンデルセンを勉強したことは、はっきりしています。賢治さんはアンデルセンから何を学びとったのでしょうか。

まず賢治さんの童話を分類した方法で、アンデルセンの童話を分類してみます。総数一五〇余編と言われるアンデルセンの童話すべてにわたって分類する必要がありますが、それは今回かないませんでした。そこで岩波少年文庫の『アンデルセン童話集1〜3』（大畑末吉訳）三巻に限って分類してみました。

ここでもその分類はすんなりいかない場合があります。そのために一部注をつけました。

異世界の物語・A型に属する作品

（A—I型の作品）	（A—II型の作品）
ソバ	みにくいアヒルの子
ヒナギク	モミの木
	おとなりさん
	コウノトリ
	人魚姫
	銀貨
	びんの首

	年の話 さやからとび出た五つのエンドウ豆 ロウソク

異世界と人の交流物語・B型に属する作品

（B—Ⅰ型の作品）	（B—Ⅱの作品）
おやゆび姫（注1） パラダイスの園 パンをふんだ娘 雪の女王（注3）	眠りの精のオーレさん注2 天使 ナイチンゲール

注1「おやゆび姫」は、姫を人とみなしてB—Ⅰだが、魔法使いからもらった子であるから、その依頼主の「女の人」以外を異世界と考えるとA—Ⅱになる。

注2「眠りの精のオーレさん」。オーレさんを文字通り眠りの精ととってB—Ⅱ。オーレさんの話自体はA—Ⅰに属するものがある。

注3「雪の女王」は、悪魔の鏡が飛び散ったガラスの粒を心臓にうけたカイが、雪の女王の国につれ去られ

る、そのカイを探しにゲルダが旅に出るが、最後に雪の女王の国からカイを助け出して家にもどる話であるから、（その一）から（その六）まで通してB―Iとした。

人の物語・C型に属する作品

（C―I型の作品）	（C―II型の作品）
空とぶトランク	「あの女はろくでなし」[注4]
皇帝の新しい着物	
小クラウスと大クラウス	
エンドウ豆の上のお姫さま	
ブタ飼い王子	
青銅のイノシシ	
野の白鳥	
マッチ売りの少女	
ある母親の物語	
赤いくつ	
古い家	

鐘
とうさんのすることはいつもよし

注4　「あの女はろくでなし」。自伝的要素が強いが、「みにくいアヒルの子」のように童話化された部分が少なく小説的である。しかし賢治の村童ものなどとは違うのでC―Iの方がいいかもしれない。

アンデルセンの場合はこの三十三編（これは全体の二〇％強の作品数に過ぎませんし、どんな基準で選ばれているか不明ですので、どっちにしてもあまり正確な資料にはなりませんが）に限って言うことになります。

この、表「アンデルセン童話の型の分布」と、表「賢治童話の型の分布」を比較してみます。

1　まず賢治もアンデルセンも、全体的には人の物語（C型）が多いという類似の傾向を示している。

2　動植物が主人公の物語（A型）の全体に占める割合は、賢治よりアンデルセンの方がかなり高い。しかしⅠⅡの関係は逆転していて、賢治はA―Ⅰ型が多いのに、アンデルセンはA―Ⅱ型、つまり何らかの形で人との関わりを描く童話が多い。

表　アンデルセン童話の型の分布

	異世界の物語 A型		異世界と人の 交流物語 B型		人の物語 C型	
	I	II	I	II	I	II
全33編中の数 (%)	2 (6.0%)	10 (30.3%)	4 (12.1%)	3 (9.0%)	13 (39.3%)	1 (3.0%)
I+II (%)	12 (36.3%)		7 (21.2%)		14 (42.4%)	

3　異世界と人との交流物語（B型）は、賢治に多いのに、アンデルセンは少ない。
4　人の物語（C型）のうち、虚構性の高いもの（C—I）は賢治にもアンデルセンにも多いが、リアリズム系の作品（C—II）は賢治に多く、アンデルセンは極めて少ない。

アンデルセンについて前掲の『ファンタジーの世界』で佐藤さとるは次のように書いています。

アンデルセンは、グリム童話のグリム兄弟と同時代の人だし、実際に交流もあったらしいから、メルヘンと深く関わった仕事をした作家である。いいかえると、伝承説話の形式を忠実に踏襲して、そのうえに自分の創作を重ねていった人だ。したがってアンデルセンはファンタジー作家ではない。しかし、その作品には、ファンタジーの萌芽といえそうなものを含んでいる。つまり、アンデルセンの作品に登場する主人公たちの多くは、アンデルセンの個性が強烈ににじみでていて、あとでのべるメルヘンの没個性的な類型的主人公とは、ひと味もふた味もちがっているのである。

このことは、表「アンデルセン童話の型の分布」の結果と、矛盾しません。A型の多いのはメルヘンだからであり、B型が割合少ないのはファンタジーでないからです。B—I型は異世界へ行き、B—Ⅱ型は異世界から来る型には違いありませんが、アンデルセンの場合は、どれをとっても賢治の童話のように、人の世界と異世界とが入り口出口で分けられているものはありません。アンデルセンのB型は、異世界へ行く来るという点で七編挙げましたが、実は昔話にいう一次元的な物語で、A型に限りなく近い。ですから、賢治さんのB型は、アンデルセンから学んだものでないことは確かだと思います。

C型は、人が中心の物語です。その人の物語の中でもC—I型が抜きん出て多く、動植物を主人公とする物語（A型）の中でも、人と関連づけて描くA—Ⅱ型が多いのは、アンデルセンの童話は人間を据えて書かれたからだということになります。それを佐藤さとる流にいいますと、アンデルセンは昔話の方法を踏襲しながら新しい方法を編み出し、個性的な人物像を確立したということが出来ます。賢治さんが、アンデルセンから学んだことの第一は人を中心に書くということではなかったでしょうか。

賢治さんは、外国の作家から何を学んだか。ルイス・キャロルとアンデルセンについて少しばかり述べましたが、トルストイやタゴールその他については、形の上でなく内的な影響の強さはいっそう感じますが、未だ確たることを書く力はありません。後日にゆずろうと思います。

16　初期形変化の方向

賢治さんの作品には、今見る作品の最初の姿が、初期形の形で残されているものがあります。また、一応完成されたと見られる作品が、推敲の域を超えて、手直しされ改作され、題名も変更されて、別の作品のようになった場合もあります。

次は、その初期形や原形が、元のA・B・Cの型まで変えられて、変更されたあとをたどってみたものです。ここでは、「型の分布」（通説による作品の成立時期の分布）を基にして考えていくことにします。

初期形をもつものと、原形が改作されたものは、合計して二十九編ほどあります。そのうち、改作にあたって、型まで変えられたというのは、全体で八編あります

前期（大正六～九年）に書かれた作品に、改作されたものが無いのは、前期にはまだ童話らしい童話が書かれてないからで当然ですが、後期に成立した作品にも、初期形や原形が型まで変えて改作された例はありません。

改作されたものは、中期前半に原型が書かれたものに多いのですが、それらを列挙してみます。

上が中期前半に書かれた原型の作品名。↓の下が改作された作品名。作品名の（　）内は分類の型です。

「月夜のけだもの（初期形）」（A—I）↓「月夜のけだもの」（B—I）
「めくらぶだうと虹」（A—I）↓「マリヴロンと少女」（C—I）
「連れて行かれたダアリア」（A—I）↓「まなづるとダアリア」（A—II）
「〔若い研師〕」（C—I）↓「〔若い木霊〕」（A—I）
「〔若い木霊〕」（A—I）↓「タネリはたしかにいちにち噛んでゐたやうだった」（B—I）
「〔ペンネンネンネンネン・ネネムの伝記〕」（A—I）
↓「グスコンブドリの伝記」（C—II）

中期前半に書かれたものの中でも、型はA—I型に集中しています。例外は、「〔若い研師〕」（C—I）ですが、それが改作された「〔若い木霊〕」（A—I）は、「タネリはたしかにいちにち噛んでゐたやうだった」（B—I）に変化しています。

中期後半の作品では、「毒蛾」と「風野又三郎」が型を変えて改作されています。しかし「毒蛾」（B—I）は改作といっても、「ポラーノの広場」（B—I）の一部に取り込まれたのですから、改作とは少し違います。ですから中期後半では、次の一例だけになります。

「風野又三郎」（B—Ⅱ型）　　↓「風〔の〕又三郎」（C—Ⅱ）

「めくらぶだうと虹」「〔ペンネンネンネンネン・ネネムの伝記〕」は、それぞれ「マリヴロンと少女」「グスコンブドリの伝記」と、C—Ⅰ型、つまり人間の話に書き変えられました。〔若い木霊〕も書き変えられて、主人公が木霊《こだま》から子どものタネリになり、「風野又三郎」の主人公も、風の精から少年に置き換えられました。

中期前半に書かれた作品が、「マリヴロンと少女」「タネリはたしかにいちにち噛んでゐたやうだった」に改作されたのは中期後半であり、「〔ペンネンネンネンネン・ネネムの伝記〕」が「グスコンブドリの伝記」に改作されたのは後期です。中期後半の「風野又三郎」が「風〔の〕又三郎」に改作されたのも後期です。

賢治さんは改作をするとき、後になるほど人間に関わりをもたせていく方向をとったということは、中期後半からのC型（人の物語）の増加が、単に偶然ではなく、賢治さんの作風が、中期後半には人の物語に力を入れていったということを示していると言えます。

それは、先に述べたアンデルセンの強い影響とみることができると思います。

17　ほんとうに描きたかったもの

賢治さんの童話といえば西洋風のファンタジー、想像力が豊かで何か不思議、空想的で幻想的なものとして読まれてきたと思います。ところがその根っこの部分は、日本の昔話がその精神の上でも形の上でも色濃い点を指摘しました。

その昔話風の初期の童話の主人公たちは動物や植物ですが、それらは人間くさいものを持っていました。賢治さんは、はじめっから人間の童話を書こうとしていたのかもしれません。しかし賢治さんが書きはじめたころ、それは認められなかったようです。

昔話の方法を基に、西洋の方法を学びながら、賢治さんはもっと人間の本質に迫ろうとしたのではないでしょうか。

賢治さんが後年書き変えた童話の一つ「めくらぶだうと虹」で、「めくらぶだう」（野葡萄の方言）が「うやまひ」を捧げたかった相手は、空の虹でした。そのどちらも人間に改稿された「マリヴロンと少女」では、少女「ギルダ」が、歌手の「マリヴロン」に「うやまひ（尊敬）」を捧げようとしています。そのギルダには、「あすアフリカへ行く牧師の娘」と、なにやら意味ありげな背景がつけ加わります。それは、「校異篇」によれば、原稿のメモに、「表紙裏の右半には、赤インクで／少女を戦場に／行く看護婦／とする／と書いて、それを大きな×印で消して／南米の兄のもとへ行く／少女／と改め、さらに右のうち『南米』をやはり赤インクで『アフリカ』に変えている。」とあります。「めくらぶだう」から書き変えられた「ギルダ」の苦悩もよく読み取れませんが、虹への憧れから芸術への希求という主題の変更のほかに、この少女になにか問題を持たせてより深く描こうとした痕跡は認められます。このメモに「要再訂」などとあるようにその書き変えはうまく行かなかったようですが。

「ペンネンネンネンネン・ネネムの伝記」の主人公「ネネム」は、ばけもの世界の住人ですが、「グスコンブドリの伝記」に改稿された「ブドリ」はれっきとした人間です。「ブドリ」は、飢饉のために木こりの親に捨てられ、困苦をのり越え勉学に勤しみ、認められて火山管理局の助手心得となり、火山を人工的に爆発させる大仕事をして、市民を救います。また予想された冷害を救うただ一つの方法に、自らの命を投げ出して、農民やみんなの暮らしを守ります。ブドリは、賢治さんの生き方の理想とも言われる自己犠牲の体現者として描かれます。

もっともっと丁寧に見ていかなければなりませんが、人間を描こうとする賢治さんの意欲は改作するたびに高まっていきます。「オツベルと象」では、賢治さんには珍しい〈悪人〉が主人公ですし、いわゆる童話ではありませんが、「〔或る農学生の日誌〕」では、学生の鋭いリアリズム的な眼でもって、さまざまな人間を描いています。少し前の成立になりますが、「毒もみのすきな署長さん」では、禁じられている「毒もみ」の方法で、魚獲りに挑戦し、捕まって死刑になるとき、「こんどは、地獄で毒もみをやるかな」と言ったという、型破りな警察署長も描きました。

賢治さんの童話と言えば、美しい幻想的な作品に目を奪われがちですが、賢治さんが人生の終わりにかけてほんとうに書きたかったものは、そればかりではなかったと言えるのではないでしょうか。

5章　「イーハトヴ童話」という果実

1　イーハトヴと法華文学

前の章で私がさし出した、「賢治さんの童話を三つに分けてみる」は、賢治文学には似合わない、無粋なこころみのように思われたかも知れませんが、結果として、私にとっては望外と言ってもいいような謎ときをしてくれました。

「イーハトヴ」という地名は、賢治さんにまといついています。賢治さんの故郷、岩手県花巻では、どこへ行っても何を見ても、「イーハトヴ」「イーハトヴ」です。そこでは「イーハトヴ」は、たしかに岩手県の別名であり、さらにユートピアのような耳触りのいい響きをもってはんらんしています。ところがその意味となると、いろいろな説があって、ほんとうのところいまだに決着をみていないのです。

「イーハトヴ」の名は、賢治さんが軽い気持ちで命名して、現在はもっと軽々しく使われているように見えるのですが、その奥に大事な意味が隠されているように、私には思えるのです。

諸説入り乱れて、いまだ不明なものはまだあります。「法華文学」も、その一つです。法華経に帰依した賢治さんですから、書くものすべて「法華文学」と言ってしまえばそうなのですが、この言葉は他人から示唆された上に、賢治さんが書きとめたのが、最晩年の昭和六年ころの手帳であったことも混乱のもとになっていると思うのですが、その「法華文学」にも、全童話を三つに分類したことによって、新しい、きっと信じてもらえるような解釈を得ることができたのです。

この最後の章では、「イーハトブ」と呼ばれるところはどこなのか。また「法華文学」とは何なのか。その二つの難題の解明に、のり出そうと思っています。

2 イーハトヴ・イエハトブ・イーハトーボ

ここまでいろいろ書いてきた中で、イーハトヴ童話というよびかたを、私はあまりしませんでした。しかし賢治さんと「イーハトヴ」とは、切っても切り離せない感じがあります。

その「イーハトヴ」とは何でしょうか。

なんどもお世話になってきた、原子朗著『新宮澤賢治語彙辞典』によりますと、「イーハトヴ」は、「イーハトヴ」の他に、「イーハトブ」「イーハトーブ」「イーハトーボ」など、その表記には都合七種類あり、それらは、「時期的にも不同で、表記変化の確とした根拠もないと言わざるをえない」となっています。つまり、どの時期には、どの表記をつかったということは出来ないというのです。

賢治さんが創り出した、この地名の命名の由来は、同じ『語彙辞典』によりますと、「恩田逸夫はイハテのテをエスペラント風にトにしてドイツ語の場所を意味するヴォをつけたものと推定している。あるいは日本神話の『天《アマ》の岩戸《イハト》』に由来するという説もある…」などと紹介されています。命名の由来は、そこにゆずることにして、ここでは「イーハトヴ」とは何か、どこをさすか、を考えてみようと思っています。

まず「イーハトヴ」は、これまでによく取り上げてきた、賢治さんの生前に出版された唯一の童話集、『注文の多い料理店』という書名の頭にあります。『イーハトヴ童話　注文の多い料理店』です。

そして賢治さん自身の文案によるとされる、広告ちらし（大）（『新校本全集』第十二巻　校異篇）に、次のような説明があります。

イーハトヴは一つの地名である。強《しい》て、その地点を求むるならばそれは、大小クラウスたちの耕してゐた、野原や、少女アリスガ《ママ》辿《たど》つた鏡の国と同じ世界の中、テパーンタール砂漠の遥かな北東、イヴン《ママ》王国の遠い東と考へられる。

実にこれは著者の心象中に、この様な状景をもつて実在したドリームランドとしての日本岩手県である。（この行改行赤刷り）

そこでは、あらゆる事が可能である。人は一瞬にして氷雲の上に飛躍し大循環の風を従へて北に旅する事もあれば、赤い花杯の下を行く蟻《あり》と語ることもできる。罪や、かなしみでさへそこでは聖くきれいにかゞやいてゐる。深い掬《ママ》の森や、風や影、肉之《ママ》草（「月見草」の誤植か）や、不思議な都会、ベーリング市迄続々《ママ》（「く」の誤植か）電柱の列、それはまことにあやしくも楽しい国土である。（以下略）

『宮沢賢治 ハンドブック』の「イーハトヴ」の項で、天沢退二郎は、「《イーハトヴ》という地名の初出は、大正十二年（一九二三）四月十五日付岩手毎日新聞に発表された童話『氷河鼠の毛皮』においてである――（中略）大正十三年四月に刊行された詩集『春と修羅』に「イーハトヴ《ママ》の氷霧」と題された詩編が収められ、そこまで何ら説明なしに用いられたこの語が」、童話集『注文の多い料理店』の総題の上に冠せられたとし、先に掲げた自筆広告文の中の「初句と結句とが途中をとばして直結し、『イーハトヴは』『岩手県である』というふうに、みんな疑いもなく思いこんでしまったふしがある」点や、「イーハトヴをユートピアの一種と読んでしまう短絡も、ときに見うけられる」点を挙げて、「イーハトヴ」については、「何度でもあの自筆広告文の内実にたちもど」って考察すべきだ、としています。

3 構想されたのは、大正十年か

「イーハトヴ」という表記の仕方はいろいろありますが、意味するところに大差は無いようで、童話で最初に使われたのが、「氷河鼠の毛皮」で大正十二年、それに続くのは、「毒蛾」・「イーハトーボ農学校の春」・「楢ノ木大学士の野宿」です。これらの作品は全て成立年代が、私の言う「中期後半」（大正十二～十四年）（4章参照）に含まれる大正十二年です。

そして大正十三（一九二四）年発行の童話集『注文の多い料理店』の頭におかれ、さらに「〔ポランの広場〕」・「ポラーノの広場」・「グスコンブドリの伝記」・「グスコーブドリの伝記」と、後期（同　大正十五～昭和八年）の作品に、この地名は使われていきます。

詩の中に最初に登場するのは、『春と修羅』の巻末近くにある「イーハトブの氷霧」で、これも初版本目次の日付は（一九二三、一一、二二）であり、それ以後「遠足統率」（『春と修羅』第二集）は一九二五、五、七、「山の晨明に関する童話風の構想」（同）は一九二五、八、一一と続くのですから、詩の方面から言っても、「イーハトヴ」の語が使われたのは大正十二（一九二三）年以降で、当初から表記は統一されていなかったと言えます。

「イーハトヴ」の地名がつかわれたのは、ですから一応大正十二年以降ですが、「楢ノ木大学士の野宿」の先駆形に、「青木大学士の野宿」というのがあって、「楢ノ木大学士の野宿」に「イーハトブ」と使われた箇所が、「青木大学士の野宿」では、原稿が失われていて無く、検証できないのですが、もし「青木大学士の野宿」の失われた原稿の部分に、「イーハトブ」の語があったとすれば、一・二年さかのぼることが可能です。

また童話集『注文の多い料理店』の方も、「イーハトヴ童話」が冠せられたのは、童話集が発行された大正十三年となっていますが、それがほんの思いつきのように置かれたのでなければ、それは当然、その集の中の童話一編一編に関連していなければなりません。つまり童話集の九編の童話の舞台は、みんな「イーハトヴ」と考えられるということです。その九編は、初版本目次によれば、一九二一〜一九二二（大正十〜十一）年に成立しているのですから、「青木大学士の野宿」と合わせ考え、賢治さんの脳裏に「イーハトヴ」の構想が出来たのは、、最初に記述された「氷河鼠の毛皮」より前の、大正十年頃と考えた方が妥当ということになります。

以上を判り易くするために、表にしますと次頁のようになります。童話を上段に、詩は下段にまとめました。

（中期前半）

1921年
大正10年

かしはばやしの夜（一九二一・八・二五）
月夜のでんしんばしら（一九二一・九・一四）
鹿踊りのはじまり（一九二一・九・一五）
どんぐりと山猫（一九二一・九・一九）
狼森と笊森、盗森（一九二一・一一・…）
注文の多い料理店（一九二一・一一・一〇）
烏の北斗七星（一九二一・一二・二一）

1921-22
大10-11

（青木大学士の野宿）

1922
大11

水仙月の四日（一九二二・一・一九）
山男の四月（一九二二・四・七）

（童話集『注文の多い料理店』）

（中期後半）

1923
大12

氷河鼠の毛皮（大正十二・四・一五）
毒蛾
イーハトーボ農学校の春
楢の木大学士の野宿

イーハトブの氷霧（一九二三・一一・二二）

（中期後半）			（後期）	
1924 大13	1924-25 大13-14	1925 大14	1927-30 昭和2-5	1931-33 昭6-8
イーハトヴ童話『注文の多い料理店』（大正一三・一二月出版）	〔ポランの広場〕		ポラーノの広場	グスコンブドリの伝記 グスコーブドリの伝記
『春と修羅』（大正一三・四月出版）		遠足統率（一九二五、五、七、） 山の晨明に関する童話風の構想（一九二五、八、一一、）		

4　岩手県とはつかず離れず

「氷河鼠の毛皮」は、このお話は風に吹き飛ばされて来たものですという、例の、話の由来があって、続けて「十二月の二十六日の夜八時ベーリング行の列車に乗つてイーハトヴを発つた人たちが、どんな眼にあつたかきつとどなたも知りたいでせう」のあと、×印で行を空けて、「ぜんたい十二月の二十六日はイーハトヴはひどい吹雪でした」と、話は核心に入っていきます。

この場合の「イーハトヴ」は、「北極のぢき近くまで行く」という、地球規模の鉄道「ベーリング行の最大急行」の発着駅で、吹雪の夜に暖炉に赤々と火を燃した洒落た駅舎のある国際都市のイメージで描かれています。ところがその後、車内で金持ち風を吹かせる男が、「わしはねイーハトヴのタイチだよ。イーハトヴのタイチを知らんか」と威張るところなどには、都会のイメージはなく、言葉づかいもタイチの名も、いかにもローカルです。

賢治さんが名づけた「モリーオ市」は、『語彙辞典』によれば、「盛岡のもじり」ということです。「モリーオ市」の出てくる「ポラーノの広場」の「イーハトーヴォ」は、「すきとほった風、夏でも底に冷たさをもつ青いそら」というふうに描かれ、外国の爽涼な北国の感じです。

一方「マリオ」も、「モリーオ」と同じ盛岡のもじりとされています。「毒蛾」の中で、「イーハトブの首都のマリオです」と使われますと、モダンに耳に響きますが、岩手県の首都は盛岡ですと、「イーハトブ」＝岩手県のイメージになっています。架空の「イーハトヴ」と現実の岩手県とは、賢治さんの中では、つかず離れずの関係にあったのではないでしょうか。

5　「イーハトヴ」は時空を超えた世界

「イーハトヴ」は、中期後半（大正十二〜十四）特に大正十二年に多くつかわれたとは言えますが、「ポラーノの広場」や「グスコーブドリの伝記」など後期の作品にも、（表記の仕方は違っても）つかわれているところを見ますと、中期後半の時期に気まぐれにつかわれたのではなく、賢治さんの構想の中にずっと「イーハトヴ」はあり続けた、と言っていいでしょう。

ですから、大正十年に発想以降、賢治さんの童話は、イーハトヴ地方が舞台ということが可能です。「かしはばやしの夜」の柏林の歌合戦も、又三郎が大循環の風を従えて飛行する大空（「風野又三郎」大正十三年成立）も、赤いおきなぐさの花影で語る蟻の話（「おきなぐさ」大正十二年）も、みんなイーハトヴ地方の出来事なのです。

「イーハトヴ」は、大正十年以降、賢治さんの頭のなかに構築された童話世界で、発想の基本は岩手にありますが、きわめて自由に想像される天地です。

その上『イーハトヴ童話集　注文の多い料理店』の一編一編が「イーハトヴ」と考えますと、「イーハトヴ」は、地理的なことだけでは言い尽せないところもあるのです。そこを、「狼森《おいのもり》と笊森《ざるもり》、盗森《ぬすともり》」で考察してみます。

この童話は、小岩井農場の北に森が四つあり、その由来を一番初めから知っているという黒坂森の大きな巌が語るという趣向で、こんなふうに語り出されているのです。

噴火がやつとしづまると、野原や丘には、穂のある草や穂のない草が、南の方からだんだん生えて、たうたうそこらいつぱいになり、それから柏《かしわ》や松も生え出し、しまひに、いまの四つの森ができました。けれども森にはまだ名前もなく、めいめい勝手に、おれはおれだと思つてゐるだけでした。するとある年の秋、水のやうにつめたいすきとほる風が、柏の枯れ葉をさらさらと鳴らし、岩手山《いはてさん》の銀の冠には、雲の影がくつきり黒くうつゝてゐる日でした。

四人の、けらを着た百姓たちが、山刀《なた》や三本鍬《さんぼんぐわ》や唐鍬《たうぐわ》や、すべて山と野原の武器を堅くからだにしばりつけて、東の稜《かど》ばつた燧石《ひうちいし》の山を越えて、のつしのつしと、この森にかこまれた小さな野原にやつて来ました。よくみるとみんな大きな刀もさしてゐたのです。

そこでその四人の百姓たちは、そこを定住の地にしようと、家族を呼び寄せ、周囲の森にむかって、「こゝへ畑起してもいゝかあ」、家建ててもいいか、火たいてもいいか、と許しを請います。森は快くそれらを許すのです。それから百姓たちは、苦労はしますが、年ごとに生産性をたかめていきます。

ずうっと昔の岩手山の噴火、その後野原や丘に草が生え、さらに柏や松も生えて森ができた、「するとある年の秋」、四人のけらを着た百姓が農具を体にしばりつけて、東の山を越えて、森に囲まれた小さな野原にやって来た——。

ここに語られた長い時間の経過は、噴火で飛ばされて以来森に在りつづける巌が語るのですから、矛盾もなにもないと言えば言えるのですが、読んで頭にのこるイメージは、岩手山の噴火以降をフィルムの早送りのように描いて、その連続の中で百姓が登場するように私には思えるのです。多分「するとある年の秋」という文が、すんなりつなげられすぎているせいでしょうか。

そうでなくても、農地をもたない百姓がいて、さすらったあげく見つけた野原を森に許可を得て自分たちのものにし、農産物の生産性を高めていく、こういうことが短い時間の中で連続して起こりうる時代は、何時代と特定したらいいのでしょうか。

さきほど「イーハトヴ」は、地理的空間的には岩手のイメージをもとに、自由自在に想像できる空間と言いましたが、それだけにとどまらず、歴史的時間的に見ても、「イーハトヴ」には、制約のないきわめて自由な時間が流れていると言えるのです。

岩手県は「イーハトヴ」のイメージです。森羅万象、あらゆるものが時を超えて生きづく世界や異世界があります。それらを、野づらに散らばる山森のように、岩手県はつなぎ持っていると、そんな風に理解してはどうでしょうか。

そう考えると、私には合点のいくことがあります。

例えば「オツベルと象」です。この作品の舞台は、象がいるのだからインド・ネパールの国境あたりだとか、オツベルは資本家で、白象は菩薩が象の姿で現れたのだ…、などと一つ一つばらばらに詮索しますと、こんな不統一な設定は、ふつうならあまり見かけないし、感心した書き方ではないことになります。一見、地理的にも歴史的にも不揃いでばらばらな認識の集合体ですが、それが「イーハトヴ」なのです。

あるいはジョバンニとカムパネルラに、ケンタウル祭などと出てきますと、ケンタウル祭のある、どこか北方の外国を特定したくなりますが、イーハトヴ地方のどこかにそういう町を実在させた、賢治さんの想像力にゆだねた中で読めば、どちらもイーハトヴ童話として、矛盾なく読めるのではないかと思うのです。

まず大事なことは、「イーハトヴ」という構想は、大正十年以降、賢治さんの頭の中に構築され、時空を超えてあらゆることが可能な、岩手県のどこかにあるかもしれない童話世界、と認識することではないでしょうか。

6 「古風な童話としての形式」

その「イーハトヴ」が冠になった、イーハトヴ童話『注文の多い料理店』の、賢治さんが書いたと見られている広告ちらし（大）には、まずさきほど取りあげた「イーハトヴ」についての記述があって、次に本書の「特色」が一から四まで四点挙げられて、その後、目次と説明の前に、次の文章があります。

注文の多い料理店（この題名は赤色で活字も大きい）はその十二巻のセリーズの中の第一冊で先づその古風な童話としての形式と地方色とを以て類集したものであつて次の九編からなる。

この広告を書いた時点で、賢治さんはテーマ別の童話集を十二巻、シリーズで出版しようと計画していたようです。調べてみるとたしかにそのメモなどもあるのですが、実際に刊行されたのは、この一冊だけでした。その貴重な一冊となった『注文の多い料理店』は、「古風な童話としての形式と地方色」で作品を集めた、と書いています。

この文中の「地方色」を、岩手県とか故郷とかいった、せまいありふれた意味にとるのは適切でなく、この「地方」は、イーハトヴ地方の「地方色」としなければならないと思います。雪婆んごのいる雪の丘や、山男も住んでいるイーハトヴ地方の地方色ととらねばならないと思うのです。

その「地方色」と同じに、あるいはそれ以上に重視せねばならないのが、「古風な童話としての形式」ではないでしょうか。

「古風な童話としての形式」とは、何でしょうか。賢治さんの童話は、当時から新しいという印象がつよいと思うのですが、書いた賢治さん本人は、第一童話集を、古い童話の形式で書いたものを中心に選んだ、とはっきり書いているのです。これに詳しく触れた研究を、私はまだ読んだ記憶がありませんが、ふつうに読めば、古風な童話＝昔話ととって、昔話風の形式で書いたものと解釈するところでしょう。しかし昔話風ならば、話の組み立てが一次元的であったり、登場人物が没個性的だったりするはずですが、童話集『注文の多い料理店』所収の童話は、むしろその逆といっていいものです。

広告の文言として、これを読んだとき、私もちょっと違和感をいだきました。その後、賢治さんの童話を三つの群に分類したとき、面白いことに気づいたのです。イーハトヴ童話『注文の多い料理店』は、選ばれた九編のうち七編までが、その、「異世界と人の交流物語・B型」に属していたのです。

それればかりではありません。その童話集には入っていませんが、「雪渡り」、成立時期は大正十二年ですが「茨海小学校」、さらにイーハトヴの名が初出の「氷河鼠の毛皮」も、同じB型なのです。この『注文の多い料理店』の時期に書かれた童話は、「異世界と人の交流物語」という共通性をみなもっているのです。

人と異世界の交流の描き方は、3章「10　異世界への行き方（1）―『どんぐりと山猫型』」から「12『赤え障子』と『水いろのペンキ塗りの扉』」で、詳しく述べました。形式の上でも、道具立てやことばの上でも、昔話の影響をまともに受けています。特に表題作の「注文の多い料理店」は、昔話の形式をていねいに踏襲して書かれてありました。「古風な童話としての形式」とは、これを指すものに他なりません。つまりイーハトヴ童話は（その代表作である童話集『注文の多い料理店』は)、異世界と人とをつなぐ方法を昔話から学んで書かれた、イーハトヴ地方を舞台にした童話ということができます。

それでは九編中の残りの二篇「烏の北斗七星」と「水仙月の四日」はどうか、という問題があります。これらは、「異世界の物語・A型」です。昔ながらの異世界の物語です。「異世界と人の交流物語」で選ぶなら他に、すでに雑誌に発表済みではありますが「雪渡り」や、「氷河鼠の毛皮」もあったのではないかと思います。

今読みなれていますと、「烏の北斗七星」も「水仙月の四日」も、「イーハトヴ童話」の一員として動かしがたい感じがあります。賢治さんも内容や長さ、それにイーハトヴ性などで、この二篇も加えたのかもしれませんが、そこのところは実は私にもよく解りません。

7 「法華文学」とのつながり

大正十年から十一年に書かれた童話の中から、童話集が編まれ、「イーハトヴ童話」と冠せられたのならば、ここに見逃せない、大事な事がらがもう一つあります。

◎高知尾師ノ奨メニヨリ
1、　法華文学ノ創作
　　名ヲアラハサズ、

報ヲウケズ、
　貢高ノ心ヲ離レ、
2、

という、賢治さんの「雨ニモマケズ手帳」のメモです。
この手帳は、有名な「雨ニモマケズ」が書きのこされたものですから、この名があるのです。この手帳の特色については、「他の手帳・断片が、健康で旺盛な行動的生活を示す動的な手帳とするならば、本手帳は病床にあっての思索生活を示す静的な手帳といえ」るようであり、手帳の使用時期は、「昭和六年十月上旬から年末か翌年初めまでに使用されたものであろう」と、『新校本全集』13巻（上）覚書・手帳校異篇で推測されています。つまり賢治さんが、死の二年ほどまえに使った、最後で、回想的な手帳ということになります。

賢治さんが、このメモにある高知尾智耀師に会ったのは、大正十年の一月、家出して上京、国柱会へ行った時の一回です。病床にあって、賢治さんは十年前のことを思い出して記します。その折、師に奨められて、「法華文学」を創作したと。前に賢治さんが童話を書きだしたのは、大正十年と言われていると書きましたが、その出どころの一つはここです。「法華文学」イコール賢治さんの童話と考えて、高知尾師の言葉がきっかけで、賢治さんは童話を書き始めた、と見るのですそこのところを堀尾青史は、『年譜 宮澤賢治伝』の一九二一（大正十）年の項で、上京後、「二月 高知尾智耀から、文芸によって大乗の教えをひろめるよういわれ、猛然と創作に熱中した。一種昂揚した異常なほどの創作力とスピードであった。一カ月に三千枚書いたという。（略）」と書きました。

手帳のそれにつづく部分の意味は、小倉豊文の『解説 復元版 宮澤賢治手帳』によりますと、「報ヲウケズ」とは、「具体的には『原稿料を受けず』ということ」であり、「貢高ノ心」は「『慢心』と同意」というのですから、名を挙げるためでなく、金を儲けるためでなく、慢心を戒めてというのが、「法華文学ノ創作」上の心得、ということになるようです。

改めて、この晩年に記るされた「法華文学」とは、何でしょう。

法華経の賢治さんが書いた童話だから、「法華文学」とは単純に言えません。「法華文学」は高知尾師の言った言葉として、賢治さんは手帳に書きのこしましたが、後年当の高知尾師は、将来を詩歌文筆でいきたいと言った賢治さんに、それならその生業を通して信仰を全うすればいいと言ったといいます。それを賢治さんが「法華文学」という言葉で捉えたのではないか、とふり返ったことが、堀尾青史の『年譜』の中に書かれています。これでいきますと「法華文学」は高知尾師の言葉ではないことになります。師は言わなかったが、賢治さんは「法華文学」として創作したということを、手帳は書き残しています。童話イコール「法華文学」と考えれば、その時点で賢治さんは童話を書き始めたとも考えられますが、すでに童話を創作していたとすると、

「法華文学の創作」は、他の意味を持ちます。

私は賢治さんが童話を書きはじめたのは、大正七年頃だろうと推論しました。すでに「蜘蛛となめくぢと狸」などの童話を書いていた賢治さんは、上京して高知尾師に会って啓示を受け、創作の新しい方向を見つけたと思うのです。その新しい方向が、「法華文学」ではないかと、私は考えるのです。

8 「法華文学」は仏教童話ではない

その「法華文学」とは何でしょう。

法華経の心を伝える文学、仏教の教えを広める文学と、まず考えられます。「雨ニモマケズ手帳」の一三九頁・一四〇頁（先の「法華文学ノ創作」の記事の二頁後）に、同じ紫鉛筆で（しかしここは縦書きで左頁から右頁へと逆の書き方をしている）、次の記述があります。

筆ヲトルヤマヅ道場観《どうじょうかん》
奉請《ぶしょう》ヲ行ヒ所縁《しょえん》
仏意ニ契《あ》フヲ念ジ
然ル後ニ全力之《これ》
ニ従フベシ

断ジテ
教化《きょうげ》ノ考タルベカラズ！
タヾ純真ニ
法楽スベシ。
タノム所オノレガ小才ニ
非レ。タヾ諸仏菩薩
ノ冥助《みょうじょ》ニヨレ。

この意味を、小倉は、『「雨ニモマケズ手帳」新考』で、次のように解説しています。
「これは正に『法華文学ノ創作』の執筆心得ともいうべき、やはり厳しい自警自戒の箴言である。（中略）賢治の文学は、『法華文学』であり、その創作は『如来の表現』にあったのであるから、その執筆は、僧侶の仏前修法と同様である訳である。そこで『筆ヲトルヤ、マツ《ママ》道場観奉請ヲ行ヒ』『所縁、仏意ニ契フヲ念ジ、然ル後ニ全力之ニ従フベシ』と自ら規定していたのであろう。しかも、その執筆は『断ジテ教化ノ考タルベカラズ！』と力強く記している。『教化』は仏教では『キョウケ』（＝『復元版』では「キョウゲ」 筆者注）と読む。教導感化の意味である。すなわち、他人を教導感化する為に『法華文学』を創作するなどという、思いあがった考えであってはならぬと自戒しているのである。しからば、何の為にするか、『タヾ純真ニ法楽スベ』きためである。『法楽』は『ホウラク』、自ら法の味を愛楽し、善を行い徳を積んで楽しむことである。けれども、それは決して小さな自分勝手の才によって執筆するのでないようにと『タノム所オノレガ小才ニ非レ』と戒め、『タヾ諸仏菩薩ノ冥助ニヨレ』と自らに命令しているのである。」

ここに示された「法華文学ノ創作」は、僧侶が仏道修行するのと同じだというのです。まず心を清め仏様の意にかなうように全力で書く。人を「教化」するなどとおごらずに、仏の道を素直に表現する。それは自分の才能でするのではなく、仏様の助力に任せればよい。私にはじゅうぶん解らないところがありますが、ここに賢治さんが宣言したことは、童話の質をずいぶん高みに設定したことになるのではないでしょうか。

ですから、「高知尾師ノ奨メ」によって、大正十年に初めて「法華文学」＝童話を書き始めた、と解釈するよりは、それまで書いてきた童話を、「法華文学」まで押し上げようと決意したととるべきだろうと思います。それは高知尾師の言だけによるものではなかったでしょう。宗教者である高知尾師に、高度な文学的欲求があったとは思えません。賢治さん自身の童話への熱情を抜きにしては、考えられないことだと思います。

9 賢治さんの仏教的童話

そこで「法華文学」の何かを探るために、とりあえず賢治さんの童話のうち、仏教に関する言葉が用いられているものやテーマに仏教性の感じられるものを、あまり厳密にではありませんが拾ってみます。題名の前につけたA―Ⅱなどの記号は、「賢治さんの童話を三つに分けてみる」で分けた各型です。

大正八(一九一九)年
A―Ⅱ 〔手紙 一〕
C―Ⅰ 〔手紙 二〕
C―Ⅰ 〔手紙 三〕

大正十(一九二一)年
A―Ⅰ 蜘蛛となめくぢと狸
A―Ⅰ 貝の火
A―Ⅰ よだかの星
(A―Ⅰ) ひのきとひなげし〔初期形〕
B―Ⅰ どんぐりと山猫
B―Ⅰ 竜と詩人

大正十〜十一（一九二一〜一九二二）年
　B—Ⅰ　十力の金剛石
　B—Ⅰ　ひかりの素足
大正十二（一九二三）年
　A—Ⅰ　二十六夜
　B—Ⅱ　雁の童子
　C—Ⅰ　四又の百合
大正十三〜十四（一九二四〜一九二五）年
　A—Ⅰ　寓話洞熊学校を卒業した三人
　C—Ⅰ　〔手紙　四〕

全体的に言いますと、用語やテーマが仏教にはっきり関わっている作品は意外に少ないのです。大正八年の「手紙」三編（これらは匿名で郵送されたり、手渡されたりしたもので童話とはよべませんが）と、大正十年の「蜘蛛となめくぢと狸」「貝の火」「よだかの星」「ひのきとひなげし〈初期形〉」（これらは大正十年以前に成立していた可能性が高いことは、前に述べました）など、仏教臭のあるものは、大正十一年までの、ごく初期に集中しています。

上に挙げた作品のうち草稿が現存するものには、いくつかの自己評価的なメモが書き込まれています。「貝の火」の現存草稿の表紙の題名の下に、「未定稿」また「単純化せよ／無邪気さをとれ」とあり、また「貝の火意味をなさず／却って権勢の／意を／表す方／可ならん」。さらに「因果律／を露骨ならし／むな」などと書かれています。（／は原文の改行を示します。以下同じ）

また、ものみなすべて「十力の尊い舎利」と謳う、「十力の金剛石」の現存草稿には、「未定稿」の他、「構想全く不可／そのうちの／数情景を／用ひ得べきのみ」。「巨きな光る人」による救済を描いた「ひかりの素足」の現存草稿には、「凝集を要す／恐らくは不可」。また「余りに／センチメンタル／迎意的なり」とあり、多く否定的です。

「二十六夜」の現存草稿には「どうも／くすぐったし」。「雁の童子」の現存草稿には「未定稿」また「Episode 間を一の［美しい］女性に／よって連結せしめよ、！」（この項横書き）、さらに「近代的の淡彩を／施せ」などの書込みがあります。

また「ひのきとひなげし〔初期形〕」にある、「はらぎゃあてい」「善逝（スガタ）」「波羅蜜《はらみつ》」の語は、完成形では削除されています。

仏教的な直接的な表現は、初期に多く、書かれた後厳しく淘汰され、改稿を志向する傾向にあります。それらがすべて、大正十年に「法華文学」の示唆を受けた結果とは言えないでしょうが、賢治さんの作品は、総じて露骨な仏教的な用語や構想からは離れてゆきます。

しかし始めから賢治さんの童話には、仏教の反映があったことは明らかで、賢治さんもそのこと自体を否定しようとしているわけではないでしょう。「〔手紙〕」も考慮に入れれば、書くことの意味もそこにあったはずですから。ですから、旧作について改稿の方向は持ちながら、その後も、「二十六夜」や「雁の童子」など、仏教をテーマとした童話を書いていきます。

その矛盾とも混沌ともとれる、賢治さんの方法の中に、「法華文学」の手掛かりを求めたいと思うのです。

10 「法華文学」とは、「イーハトヴ童話」のことではないか

繰り返しになりますが、賢治さんは大正七年に書き出して以来、すでにいくつかの童話を書いていました。それらには自身の信仰や信念を十分に反映させたつもりでいました。愚直な仏教童話ではありませんが、仏教を素材にしたり、仏教用語をキーワードにした童話もありました。それらに賢治さんは行き詰まりのような、あるいは疑問のようなものを感じていたかもしれません。ちょうど同じ頃、雑誌『赤い鳥』の鈴木三重吉に会い、自分の童話を認めてもらえなかったことも、原因するかもしれません。

そこに一つの示唆を与えたのが、高知尾師ではなかったでしょうか。上京してきて、国柱会で働き口を見つけようという見ず知らずの青年に、高知尾師は、当面職に空きはないしここで働くだけが道ではない、文学が好きなら、それを生かすのも仏につかえる道だとさとします。師の意図は、その青年を追い払う方便だったとしても、ほんとうは文学を目指していた賢治さんの受け取り方は、自由に大きく飛翔します。創作の意欲まんまんの青年が、ちょっとしたヒントで大き

く背中をおされることはよくあることです。

それまでも賢治さんが童話を書くとき、法華経は脳裏にありました。しかしそれではなく、高知尾師の発した言葉の端から、賢治さんは、直感と想像力で全く新しい童話のイメージをつかみかけたのではないでしょうか。

大正十年の時点で、賢治さんの童話の方法が転換していることを、4章の「人間を描く 9〜12」で述べました。その「10 中期前半の中心は異世界と人の交流物語」で、人の世界と人以外のものの世界とを分けて、両者を結ぶという方法を獲得した、と書き、それを「異世界と人の交流物語・B型」と、私は名付けました。それらの方法は基本的には既に昔話に多用され、賢治さん自身も聴き馴染んでいた方法の近代的な転用でありました。ですから賢治さんは、『注文の多い料理店』の広告ちらし（大）に、「先づその古風な童話としての形式と地方色とを以て類集したもの」と書いたのです。「古風な童話としての形式」とは、昔話の異郷への道行きの形式を指すのです。

その方法で書かれた童話を中心に集められた童話集『注文の多い料理店』に、「イーハトヴ童話」という冠が置かれました。

高知尾師の「法華文学」に関する言から示唆を受けて、賢治さんは「教化」のためではなく、自ら「純真ニ法楽」する文学を切り拓き、実を結んだのが、「イーハトヴ童話」ではなかったでしょうか。

イーハトヴ童話『注文の多い料理店』の広告の中で、いくたのすぐれた世界の童話の主人公とその国土を俯瞰し、それに肩を並べるように「あらゆる事が可能」な、「罪や、かなしみでさへそこでは聖くきれいにかゞやいてゐる」「まことにあやしく楽しい国土」と、イーハトヴを位置づけたのは、それこそ「純真ニ法楽」できる、賢治さんの童話世界の構築だと思うのです。

ではその「法華文学」とイーハトヴ童話との関係を、説明するために、「異世界と人の交流物語・B型」、ここでは「鹿踊《ししおど》りのはじまり」「狼森《おいのもり》と笊森《ざるもり》、盗森《ぬすともり》」「注文の多い料理店」そして「なめとこ山の熊」の四編について、もう少し解読をすすめます。

11　「鹿踊りのはじまり」

「鹿踊りのはじまり」という童話は、三重構造で語られています。物語の核心は、鹿たちの世界であって、その核心部を包んでいるのが嘉十の世界です。さらにその嘉十の世界を含めた鹿の話は、「すきとほつた秋の風から聞いた」という、「わたくし」の世界で包まれる構成をとっているのです。

人の嘉十が鹿の世界へ入っていく様子は、こんなふうに語られます。「嘉十はにはかに耳がきいんと鳴りました。そしてがたがたふるえました。鹿どもの風にゆれる草穂のやうな気もちが、波になつて伝はつて来たのでした。／嘉十はほんたうにじぶんの耳を疑ひました。それは鹿のことばがきこえてきたからです。」

この異変が、嘉十に鹿の世界への扉を開きます。ユーモラスでリズミカルな東北弁（ここではイーハトブ弁と言ったほうが適切でしょうか）で話す鹿の世界。嘉十が残していった栃の団子に集まってきた鹿たちは、その横にある得体のしれないもの（嘉十の忘れていった手拭）が何であるか、詮索の行動を繰り返します。六疋の鹿が一疋ずつ出ていって眺めたり臭いをかいだり、初めのおっかなびっくりから段々大胆にその正体に迫っていきます。それが、繰り返しという昔話的な手法で語られます。

物語の後段、やっとその正体を見届けて、栃の団子にありつくと鹿たちは、「一列に太陽に向いて、それを拝むやうにしてまつすぐに立」ちます。そして太陽へはんの木へすすきへ、また野の生きとし生けるものへ、鹿たちは畏敬に満ちた讃歌を謳いあげます。それらを恍惚として見ていた嘉十は、「もうまつたくじぶんと鹿とのちがひを忘れて」、「すすきのかげから飛び出」します。おどろいた鹿たちは、「一度に竿のやうに立ちあがり、それからはやてに吹かれた木の葉のやうに、からだを斜めにして」「銀のすすきの波をわけ、かゞやく夕陽の流れをみだしてはるかにはるかに」逃げ出していってしまいます。

この「鹿踊りのはじまり」での異世界は、野の鹿の世界、つまり自然界です。野の鹿の世界は厳粛そのもの神々しくさえあり、生への讃歌と感謝で厳かに完結されています。その世界に、人は拒絶されて入っていけません。

そういう野だからこそ、「そのとき西のぎらぎらのちぢれた雲のあひだから、夕陽は赤くなゝめに苔の野原に注ぎ、すすきはみんな白い火のやうにゆれて光りました。」と、妖しくも美しい色彩にいろどられ濃密に描写されるのです。そしてそれは「あやしく楽しい国土」なのです。

12 「狼森と笊森、盗森」

四人の百姓たちが、「森にかこまれた小さな野原に」やってきます。地味はまあまあだが生活の条件は悪くない。ここを定住の場所に決めようとした時、百姓たちは「畑起してもい丶かあ」「家建て丶もい丶かあ」「火たいてもいいかあ」「木貰つてもい丶かあ」などと、森に許可を求めます。森は「い丶ぞお」「ようし」と、答えて許可を与えます。

次の日から、森はその人たちのきちがひのやうになつて、働らいてゐるのを見ました〔。〕男はみんな鍬をピカリピカリさせて、野原の草を起しました。女たちは、まだ栗鼠《りす》や野鼠に持つて行かれない栗の実を集めたり、松を伐つて薪をつくつたりしました。そしてまもなく、いちめんの雪が来たのです。

その人たちのために、森は冬のあいだ、一生懸命、北からの風を防いでやりました。

森への挨拶や、「まだ栗鼠や野鼠に持つて行かれない栗の実を集め」るといったところに、百姓たちの森への謙虚さがよく表れています。それに対応する森の配慮は、愛情といっていいほどこまやかです。ここでは、優位にある森に対する謙虚な百姓、という図式でとらえることができます。

ところが翌年の秋、「穀物がとにかくみのり、新らしい畑がふえ、小屋が三つになつたとき」、事情は変わります。九人のこどものうち四人が行方不明になるのです。

そこでみんなは、てんでにすきな方へ向いて、一諸に叫びました。〔〕
「たれか童《わらし》やど知らないか。」
「しらない。」と森は一斉にこたへました。
「そんだらさがしに行くぞ〔お〕。」とみんなはまた叫びました。
「来お。」と森は一斉にこたへました。

そこで百姓たちはまず一番近い狼森に入っていきます。すると、火が燃えているところに狼《オイノ》が九疋いて、いなくなった四人の子供もいます。「狼どの狼どの、童しやど返して呉《け》ろ」と、いって子供を連れ帰ります。狼は、「悪く思わないで呉ろ。栗だのきのこだの、うんとご馳走したぞ」といって、森の奥へ逃げていきます。「みんなはうちに帰つてから粟餅をこしらへてお礼に狼森へ置いて」きます。

ここで、子供を連れ去ったのはだれかと考えますと、狼というのがまあ妥当です。しかしその狼には悪意のないどころか、愛情すらあることが、その言動からも察せられます。だから百姓たちは粟餅をもってお礼にいっているのです。では森はどうかといいますと、文字通り考えますと、百姓たちに答えた通り、童について「しらない」のですし、知らないから探しに来られたって平気なのだと読めます。肝腎の森ではなく、狼が関与したとなると、この狼の意味が問われねばなりませんが、ここではその問題は、一応保留にしておきます。

翌年は、「子供が十一人になりました。馬が二疋来ました。畠には、草や腐つた木の葉が、馬の肥《こえ》と一緒に入りましたので、粟や稗はまつさをに延びました。そして実もよくとれたのです。秋の末のみんなのよろこびやうといつたらありませんでした」、ということになりました。ある霜の冷たい朝、今度はみんなの農具がなくなります。前回の子供の時と同じような森との問答のあと、みんなは狼森を経て、笊森に行きます。そこに大きな笊が伏せてあって、その中になくなった農具がありました。そしてそのまんなかに、「黄金色の目をした、顔のまつかな山男」がいたのです。

みんなはこの山男に、「これからいたづら止めて呉ろよ」といい、山男も「大へん恐縮したやうに、頭をかいて立つて居り」、みんなが森を出て行こうとすると、「『おらさも粟餅持つて来て呉ろよ』と叫んでくるりと向ふを向いて、手で頭をかくして」、森の中に行ってしまいます。みんなは「あつはあつはと笑つて」帰り、粟餅を狼森と笊森に持って行きます。

狼森の狼とこの山男の違いは、山男の方は粟餅を百姓に請求したところです。その遠慮しながらの山男の要求を、百姓たちは苦笑しながらも快く引き受けています。

次の年の夏になりました。平らな処はもうみんな畑です。うちには木小屋がついたり、大きな納屋が出来たりしました。

それから馬も三疋になりました。その秋のとりいれのみんなの悦びは、とても大へんなものでした。

今年こそは、どんな大きな粟餅をこさえても、大丈夫だとおもつたのです。

開拓四年目の成果が、以上のように語られます。そしてやはりその年も不思議なことが起きます。「納屋のなかの粟が、みんな無くなつて」しまったのです。みんな今まで通り南から順に、狼森笊森と尋ねてゆき、黒坂森（これについては後で補足説明します）を経て、盗森に行きます。盗森から出てきた「まつくろな手の長い大きな大きな男」は、今までにない剣幕で、「ぜんたい何の証拠があるんだ」、とどなりますが、岩手山の証言があって、認めざるを得なくなります。岩手山は、「粟はきつと返させよう。だから悪く思はんで置け。一体盗森は、じぶんで粟餅をこさえて見たくてたまらなかつたのだ」と、「盗森」をかばってやります。岩手山の仲介で、粟が戻ってきたので百姓たちは気分を直して、いつものように粟餅を作って、森にもって行きます。

この盗森の話は、前二つの繰り返しのようですが、違っています。まず「まつくろな手の長い大きな大きな男」が、「何の証拠がある」としらを切ったり、岩手山に「盗ん」だとはっきり言われるような、かわいげのない悪者になっていること。次に「ぬすとはたしかに盗森に相違ない」に表れているように、「大きな男」イコール「盗森」になっていること。また百姓たちはやはり粟餅を「ぬすと森」に持っていきますが、それには「少し砂がはいつて」いたこと。この「砂がはいつて」いたところは、森へのお礼の気持ちが、前より稀薄になっていることを感じさせます。

つまり、狼森と笊森、盗森ときて、森の方が農民にかなり意地悪になり、それに応じて農民の方も森への感謝の気持ちが薄れていっています。森と人間の友好関係に、ひびが入ってきたと解釈できます。

どうしてそうなったか。丹念に引用したように、百姓たちは年々耕地を広げ、収穫を増し、生産手段を拡充し、家を増築し家族を増やすなど、向上する経済力や生活力が、背景になっていると思われるのです。

その一つの傍証が、先ほど保留にしておいた、黒坂森のところにあるように思われます。百姓たちが粟を探して、狼森笊森と行き、黒坂森に行ったとき、黒坂森を評して、「財布からありつきりの銅貨を七銭出して、お礼にやつたのでしたが、この森は仲々受け取りませんでした、この位気性がさつぱりとしてゐますから」、という金銭感覚での判断が出て来ます。直接盗森の話とは関係がありませんが、富むことによって、百姓の中に貨幣経済的な感覚が否応なく入ってきていることを物語っているのです。

さて、この物語の結末は次のようになっています。

さてそれから森もすつかりみんなの友だちでした。そして毎年、冬のはじめにはきつと粟餅を貰ひました。

しかしその粟餅も、時節がら、ずゐぶん小さくなつたが、これもどうも仕方がないと、黒坂森のまん中のまつくろな巨きな巖がおしまひに云つてゐました。

百姓と森とが、仲違いしたのではない、まだ友好関係を保っていたというのです。ただ森への感謝の気持ちが薄らいでいったのは、仕方がないというのです。

最後に触れなくてはならない問題が残っています。狼と山男と大きな男とは何か、の問題です。ここでは順序を逆にして、三つ目の大きな男から述べます。先にも触れましたが、この盗森のくだりでは、「盗森は咆えました」のように、大きな男が咆える場面でそれを盗森に置き換えています。はっきり「盗森」イコール「大きな男」なのです。「まつくろな手の長い大きな大きな男」は、森そのものなのですが、それを盗森の精とか使者とか、呼ぶのは正しくありません。その盗森にくる直前、百姓たちは黒坂森へ行っています。粟を返して呉ろと言われて、「黒坂森は形を出さないで、声だけでこたへました」と、表現されているところがあります。この「形を出さないで」の「形」の意味が、ちょっとわかりにくいのですが、これは森の「形」なのです。つまり最初は、狼森の「形」の狼が答え、笊森では、笊森の「形」の山男が答えた、ということです。黒坂森は、その「形」は顔をださないで、声だけで答えたという意味なのです。

したがって、狼・山男・大きな男は、それぞれの森の「形」というのが正確な言い方なのです。このうち、狼と山男は、百姓（人間）にまだ親近感をもっていました。ところが大きな男は、挑発的ですし険悪でもあります。余談になりますが、題名の「狼森と笊森、盗森」の、「と」と「、」の意味は、親近感があるという共通点から狼森と笊森とを結び、盗森とは差があるから「、」で二つから切り離したと、とれるのです。

いずれにしても、森たちは「形」を通じて、人間と交渉をもちました。お互いの努力の甲斐あって、どうにか友好関係を保ちますが、人間に対して不信を募らせていく森と、感謝の念が薄れていく人間との行く末を予想することは、困難ではありません。

このように「狼森と笊森、盗森」での異世界は、〈深い森〉です。大地を拓きながら暮らす開拓農民の世界が現実世界なら、それらを取り囲む森は、狼や山男が棲む神秘に満ちた異世界であります。同時に農民たちが生かされている仏の大きな御掌のようなものです。その掌上で、人々は笑い悲しみ生業に励みます。

13 「注文の多い料理店」

「注文の多い料理店」は、イーハトヴ童話集中三番目におかれ童話集の題名にも採られた、よく知られた物語です。「すつかりイギリスの兵隊のかたちをして、ぴか〳〵する鉄砲をかついで、白熊のやうな犬を二疋つれ」た、「二人の若い紳士」のハンターが、あまり山が物凄いので案内人にはぐれ犬にも死なれ、もう戻ろうと思ったところに出現した「西洋料理店」に魅せられて入り、その魔術にかかって、危うくその店主とおぼしき山猫に食われそうになるところを、くだんの犬に救われて東京へ帰ります。帰ることはできましたが、「一ぺん紙くづのやうになつた二人の顔だけは」、「もとのとほりになほ」らなかった、という筋立てになっています。

ここに登場する「二人の若い紳士」は、どう描かれたのでしょうか。主人公は都会の金持です。単に金持ではなくて、いわゆる成金です。身なり持ち物もそうで、犬の値段が二千四百円と一口にいいますが、「大正九年の総理大臣の月給が千円、大正十年の銀座の地価が千円」というのであれば、「第一次世界大戦後の戦争成金」（秋枝美保「テクスト評釈　注文の多い料理店」）とされるのもうなずけます。その上、この二人の紳士は、犬の値段でも一人が二千四百円といったのに、後の一人が自分のは二千八百円だと高くいったことに気を悪くしたり、クリームを塗るとき、「二人ともめいめいこつそり顔へ塗るふりをしながら喰べ」るところ、金銭に敏感な、卑しい性質に描かれていることは見逃せません。

この二人は、生活のために止むに止まれず猟をする猟師ではありません。「鹿の黄いろな横つ腹なんぞに、二三発お見舞まうしたら、ずゐぶん痛快だらうねえ」といい、「山鳥を拾円も買つて帰れば」、猟をするのと「結局おんなじこつた」というほど、動物側からみれば許しがたい存在です。

「どうも変な家だ」といぶかりながら、また実際髪をとかしたり靴の泥を落としたブラシを「板の上に置くや否や、そ〔い〕つがぼうつとかすんで無くなつて、風がどうつと室の中に入つてき」たりする怪異にびっくりしながら、どうして二人はたくさん扉のついた長い廊下を奥へ奥へと進んだのでしょうか。一つは、「たゞでご馳走する」店だと思ったからですし、「よほど偉いひとが始終来てゐ」て、「貴族とちかづきにな」れるかも知れないと、期待したからであり、何よりたくさんの不可解な注文を、自分中心に都合よく解した結果でありました。なかでも、「鉄砲と弾丸」をやすやすと取り上げられた点については、慢心と欲にこり固まった人間に対する動物側の痛烈な皮肉が込められていると見られます。

この二人の紳士は、お金に卑しい成金で、慈悲の心がなく、欲深で思い上がった自己中心的な人間なのでしょう。これは、「かしはばやしの夜」の清作に一部重なりながら、それをはるかに超え、まして「鹿踊り」の嘉十や百姓などには断じて見られなかった、賢治さんの童話の中では、最も否定的な人間のひとりといえるのではないでしょうか。童話のなかでは、二人は喜劇役者のように演じていますから、読者にはそれほどの疎ましさを与えませんが、異世界に行く人間が、ここまで堕ちてきているのです。

その異世界は何でしょうか。いうまでもなく「山奥」、その「形」が、山猫軒の主人でもある山猫です。山猫はこの俗悪な人間を食べてしまおうと、挑みかかります。「かしはばやしの夜」では、人間に対して受け身で、被害者的に描かれた異世界側が、ここでは反撃に出ています。

山猫の仕掛けは、なかなか趣向をこらしたユーモラスなものですが、「いろいろ注文が多くてうるさかつたでせう、お気の毒でしたなんて、間抜けたことを書いた」ために、最後で見破られてしまいます。窮地に追いこまれた二人は、死んだはずの白熊のような犬に助けられますが、恐怖で「紙くづのやうになつた二人の顔だけは、東京に帰つても、お湯にはひつても、もうもとのとほりになほ」らなかったというのです。

紙屑のような顔とは、どういう顔でしょう。命だけは助かったが、致命的な永久的な打撃を受けた、ということでしょうか。おそらくそうではないでしょう。お湯に入っても治らないというういかたや、第一山猫の仕掛けそのものにも、険悪なものは感じられません。人間に挑戦はするが、異世界の自然は寛大なのです。

その寛大さが自然の心なのです。「罪や、かなしみでさへそこでは聖くきれいにかゞやいてゐる」のです。

14 「なめとこ山の熊」

なめとこ山で熊狩りを業とする淵沢小十郎は、「注文の多い料理店」や「氷河鼠の毛皮」で、狩猟をもてあそぶ狩猟家とは違っています。「熊。おれはてまへを憎くて殺したのでねえんだぞ。おれも商売ならてめへも射たなけぁならねえ。ほかの罪のねえ仕事していんだが畑はなし木はお上のものにきまったし里へ出ても誰も相手にしねえ。仕方なしに猟師なんぞしるんだ」、と熊にいう猟師です。ですから、「なめとこ山あたりの熊は小十郎をすきなのだ」、ということになります。しかし、狩る側と狩られる側の関係は、厳然としていてどうしようもありません。狩猟を続けるある日、小十郎は、かねて目をつけておいた大熊に逆に襲われます。その最期小十郎は、「お、小十郎おまへを殺すつもりはなかった」という熊のことばを遠くに聞き、小十郎も「熊ども、ゆるせよ」と、つぶやくのです。小十郎の死顔は、「まるで生きてるときのやうに冴え冴えして何か笑ってゐるやうにさへ見えた」、というのです。これは、「注文の多い料理店」の若い紳士が山猫に襲われて、命は落としませんでしたが、顔が「紙くづのやうになつた」、というのとなんという違いでしょう。

この小十郎を殺した熊の世界は、「その栗の木と白い雪の峯々にかこまれた山の上の平らに黒い大きなものがたくさん環になって集って各々黒い影を置き回々教徒《ふいふいきょうと》の祈るときのやうにぢっと雪にひれふしたまゝいつまでもいつまでも動かなかった。そしてその雪と月のあかりで見るといちばん高いとこに小十郎の死骸が半分座ったやうになって置かれてゐた」、というのです。

この作品は、(人が異世界へ行く) B―I型で、人間小十郎が、異世界の熊の世界へ行く (この場合は殺されて戻らない設定になっている) のですが、その異世界は、「まるで氷の玉のやうな月が」

かかり、「すばるや参《しん》の星が緑や橙《だいだい》にちらちらして呼吸をする」空の下の、白い雪の山の平らな場所に、「何か笑ってゐるやうに」見える小十郎を、黒い熊たちがかこんでいると、絵のように描かれています。これはまさに涅槃図《ねはんず》です。「かなしみでさへそこでは聖くきれいにかゞやいてゐる」の言葉どおりです。

「〔祭の晩〕」そして「なめとこ山の熊」と、中期後半より後に書かれた作品の異世界には、神聖さが限りなく美しく付与されています。

15 B型の「異世界」は、自然界です

賢治さんの作品の中で、「異世界と人の交流物語・B型」に属する作品四編を、私流に読みました。そのそれぞれの異世界は、原野、森、それに熊の棲む世界でした。これらの童話に関しては、「異世界」は自然界だということができます。B型のそれら以外の童話は、どうなっているでしょう。

まず「雪渡り」。ここに登場する子ども四郎とかん子は、極めて素直で謙虚です。狐の紺三郎はじめ狐の子どもたちも、友好的です。物語の最後で、両者はお互いを理解しお互いに感動し、そこにはいささかの疑いも争いもありません。子どもが訪れた狐の世界は、自然界そのものというより、擬人化され童話化されています。それは同じ狐との交流を描いた「茨海《バラウミ》小学校」にもいえますし、A型の「異世界の物語」で、主人公の動植物が活躍する「異世界」にも言えます。

「さるのこしかけ」は、ちょっと意地悪な楢夫《ならお》とちょっと意地悪な小猿が登場し、意地悪をされますが、山男によって事なきを得る物語です。楢夫が小猿に連れていかれた先は、「種山ヶ原」ということになっています。「紫紺染《しこんぞめ》について」の「山男」の住処は「西根山」で、「風野又三郎」の風の精の活動の場は空です。それらに特別な意味はないと思いますが、実在の自然です。一方「月夜のでんしんばしら」や「銀河鉄道の夜」などの「異世界」は、いわゆる自然ではなかったり、これまでの自然とは違うものだったりします。

賢治さんが童話を書き始めた最初期の型は、A型「異世界の物語」であると書きました。この場合の「異世界」は、動植物が主人公の世界で、人は登場しませんでした。それは昔話のように、蜘蛛や星や兎や銀杏の実が活躍する世界の話でした。その場合の「異世界」にも、自然界が無いとは言えませんが、多くは自然界とはそれほど関連のない、動植物などのものの世界でした。

そこへ賢治さんは人を登場させました。昔話ならそのまま人が登場して、一次元的な世界を造りあげたのでしょうが、賢治さんはそれはしませんでした。人が異世界へ行くための通路を設け、人の世界とは次元が異なるという意味での「異世界」を明確にしました。

「異世界と人の交流物語・B型」の中の「異世界」は、A型の「異世界」であるものの世界から抜け出して、それを純化し、自然界という神秘で深遠な世界へ開花したのでした。この自然界という異世界と往還するために、「古風な童話としての形式」は、昔話から復活させられたのです。

16　賢治さんの自然観

「異世界と人の交流物語・B型」に属する童話は、「自然と人間」をモチーフにしていると言っていいと思います。その「自然と人間」の視点で、賢治さんの童話を総点検して、異世界と自然とがどのような関係にあるか、探っていきます。

　だがその前に、これまで使ってきたような意味、つまり「自然破壊」とか「自然保護」といったふうに、いわば現代的に使われる意味での自然観・自然への視点を、賢治さんが持っていたのかどうかが問題になります。

　そこで、まず「自然」という語にこだわって、心象スケッチ（詩）をみていきます。

「春と修羅　第三集」の「一〇二一　和風《わふう》は河谷《かこく》いっぱいに吹く　一九二七、八、二〇、」の中に、「あゝ自然はあんまり意外で／そしてあんまり正直だ」、という詩句を見出します。ここは、予想もしなかった開花期の雨が、まともにやって来たこと、また倒された稲が起きられまいと思っていたのに、「苗のつくり方のちがひ」などが正直に影響して、みんな起きたことへの感慨で、人為を超えた、とてつもなく偉大な「自然」をうたっています。

「口語詩稿」の「〔この医者はまだ若いので〕」には、「この医者はまだ若いので／夜もきさくにはね起きる、／薬価も負けてゐる〔〕らしいし、／注射や何かあんまり手の込むこともせず／いづれあんまり自然を冒瀆してゐない」、とあります。この「自然」は、近代医学に頼らない、人間の本来の生命力を信頼する医師の態度をいっているのです。

同「口語詩稿」の「〔みんな食事もすんだらしく〕」の中に、「――ひでりや寒さやつぎつぎ襲ふ／自然の反面とたゝかふほかに」、とあります。この詩は、恩恵をもたらす自然ではなくて、苛酷な一面のある自然との闘いを指しています。

〔「詩ノート」付録〕の「〔生徒諸君に寄せる〕」〔断章五〕に、「宙宇は絶えずわれらに依って変化する／潮汐や風、／あらゆる自然の力を用ひ尽すことから一足進んで／諸君は新たな自然を形成するのに努めねばならぬ」、とあります。

この「心象スケッチ」や詩稿などの四例でみますと、山とか川とか形のある大自然を指しているのではなく、自然災害などと使われる動的な全体的な自然現象、あるいは自然食などと使われる本来的なまじりけのない自然を指していると思われます。

一方、賢治さんの童話の中には、先に述べたかなり現代の課題的な使い方とみられる「自然」が出てきます。

「風〔の〕又三郎」の「九月七日」の章で、「一人の変に鼻の尖った、洋服を着てわらじをはいた人が」、河で、「いかにもわらじや脚絆の汚なくなったのを、そのまゝ洗ふといふふうに、もう何べんも行ったり来たりする」ので、たまりかねた一郎の音頭で、少年たちが「あんまり川を濁すなよ、／いつでも先生云ふでないか」、とはやし立てる場面があります。

「かしはばやしの夜」の中では、画かきが、「じぶんの右足の靴をぬいでその中に鉛筆を削りはじめ」る場面があります。柏の木たちはみな感心してそれを眺め、大王も「いや、客人、ありがたう。林をきたなくせまいとの、そのおこゝろざしはじつに辱《かたじ》けない」といったところ、画かきは「いゝえ、あとでこのけづり屑で酢《す》をつくりますからな」と、かわすところがあります。

この場面については、現代的な自然保護の意味というよりは、村人のモラルないしは自然崇拝からの言葉であったかもしれません。

しかし「川を濁すな」「林をきたなく」するなという明確な表現は、今でも、当時にとってはなおのこと新鮮であります。あたりまえのことはあたりまえとして、とりたてて言葉にしない慣習からいえば、それらが表現されたことは、かなり意識の表にあることを感じさせます。

「毒もみのすきな署長さん」の場合は、これらとはまた趣を異にしています。その中では、「さてこの国の第一条の／『火薬を使って鳥をとってはなりません、／毒もみをして魚をとってはなりません』」という、「プハラの国」の「林野取締法」が、まず示されます。その法をものともせず、毒もみによる大量捕獲の魅力にとりつかれた署長が、ユーモラスに描かれています。この架空の国の火薬や毒もみの禁止法は、当時の常識的良心的な慣習であったともいえますが、「風〔の〕又三郎」で発破《はっぱ》での漁法がひそかに行われ、「注文の多い料理店」や「なめとこ山の熊」で、鉄砲での狩猟が行われているわけですから、この「林野取締法」の第一条には、前の二例よりは色濃く、賢治さんの鳥や魚の大量捕獲に対する危惧が、表されていると言えます。

大正から昭和の初期にかけては、大規模な自然開発や自然破壊は、普通には知られていないはずですから、村人のモラルとしての自然保護意識を超えて、人間の「進歩」の結果、苦境に追い込まれつつあった動物への危惧感を、賢治さんは持ち始めていたのではないでしょうか。

もう一つ「紫紺染について」で、集まった人から山男へ、「『野菜はあなたがおつくりになるのですか』」、と質問されたのに対して山男が、「『お日さまがおつくりになるのです』」、と即座に答えるところがあります。この山男は理詰めというか、細かくきちんとしたところがあって、野菜をつくるのは人ではなく太陽だというのには、人間の知力を上回る根源的な自然の威力を認めていて、それはいかにも賢治さんらしい認識の仕方だと思うのです。

さらに『注文の多い料理店』刊行に際して、賢治さん自身が作ったとみられる二種の広告用ちらしのうち、大きい方の作品説明の中、「狼森と笊森、盗森」に、「人と森との原始的な交渉で、自然の順違二面が農民と（「に」の誤植か）与へた永い間の印象です」とあります。

以上の例をみますと、賢治さんは当時の人間の認識をはるかに上回る、自然に対する関心や畏敬の念そして危惧感を、もっていたと言えると思います。

17　自然の中に賢治さんが見たもの

そこで次に、なぜ、賢治さんが自然界に対する畏敬の念や危惧の念をそれほど多く持っていたかを、探らねばなりません。

「〔若い木霊《こだま》〕」は、若い〈こだま〉が「明るい枯草の丘」を歩いて、春が来たから目を覚ませと、柏《かしわ》の木に呼びかけるところから始まります。柏の木が応えないので、「おれが来たしるしをつけて置かう」と、下草を結います。栗の木にも鴇《とき》にも話しかけます。〈こだま〉の胸は、春の喜びを分かち合いたいと、はり裂けるばかりに高鳴るのですが、季節はまだ早く、木々たちは何も応えないまま、〈こだま〉は自分の住処の木に戻っていきます。

ここには、自然へのあこがれが満ち満ちています。自然を友とし自然と交流することへの賢治さんの歓喜があふれんばかりに表出されています。

この「〔若い木霊〕」の主人公は人間ではなく〈こだま〉なのですが、この作品が微妙に影響しているのが、「サガレンと八月」と「タネリはたしかにいちにち噛んでゐたやうだった」です。このどちらも主人公は、人間に代わっています。

「サガレンと八月」の主人公・農学校の助手の「私」は、標本を集めにいった海岸で風や波から、「何の用でこゝへ来たの、何かしらべに来たの」、などと繰り返しくどく質問されます。そこで「私」は「あんまり訳がわからないな。ものと云ふものはそんなに何でもかでも何かにしなけぁいけないもんぢゃないんだよ。そんなことおれよりおまへたちがもっとよくわかってさうなもんぢゃないか」、といってしまいます。すると波は少したじろいで（「謙遜な申し訳のやうな調子で」）、「おれはまた、おまへたちならきっと何かにしなけぁ済まないものと思ってたんだ」といい、「私はどきっとして顔を赤くしてあたりを見まは」します。あとは何を話したのかわからないけれど、「たゞそこから風や草穂のいゝ性質があなたがたのこゝろにうつって見えるならどんなにうれしいかしれません」と、前段を結んでいます。

人間が常に目的的なのに対して、自然は常にあるがままであります。人間の行為が営為に満ちているのに対して、自然の行為は無償です。そこを自然から遠慮がちに皮肉られて、人間は恥じ入ります。自然はあくまで謙虚で偉大です。その「い丶性質」を、人間は理解したいものだというのです。

「タネリはたしかにいちにち噛んでゐたやうだった」のタネリも人間で、タネリが柏・水ばせう（水芭蕉）・蟇《ひき》・栗・鴇に語りかける、という筋立てになっています。

人間と自然は、基本的に友好的で不可侵の、あるいは人間も自然のうちに大きく内包されて、つりあいのとれた状態であるものなのでしょう。ところが近代は、人間の方がいつも何かしようとたくらむようになってしまった。山野の開拓や生産の拡大などの人間の営みを、自然は好みませんし、なじみません。しかしそれでも時に農学校の助手やタネリ（つまりある種の人間）は、草木との交流を求めてやみません。草木の世界は、それほど魅力に富み何かがあるのです。

この二つの童話は、賢治さんはこれと名指して言ってはいませんが、自然に内在する、偉大で魅力的な〈自然〉そのものを発見して、限りない親愛の情をうたっているのではないでしょうか。

その、賢治さんが自然の中に認め、それのために交流したいと熱望する〈自然〉そのものとは何でしょうか。

18　自然とは何か

成立が大正十〜十一（一九二一〜二二）年に推定される、「十力《じゅうりき》の金剛石《こんごうせき》」という童話があります。

王子が大臣の子といっしょに、「虹の脚もと」にある、「ルビーの絵の具皿」や金剛石《こんごうせき》を探しに行きます。「こゝからは私共の歌ったり飛んだりできる所」と、蜂雀のいう森の中で、不思議が起きます。降る雨が、宝石に変わったのです。「かすかな虹を含む乳色の蛋白石」の「うめばちさう」や、「その実はまっかなルビー」の「野ばら」など、目もくらむばかりのきらな宝石の花野に降る、光り輝く宝石の雨。その中で、花ばなは「ひかりの丘に　すみながら／なぁにがこんなにかなしかろ」と歌っています。その理由は、「十力の金剛石がまだ来ない」からでした。念願かなって、その「十力の金剛石」が下ります。すると、「すゞらんの葉は今はほんたうの柔かなうすびかりする緑色の草」に変わり、「うめばちさうはすなほなほんたうのはなびら」を持ちます。その「十力の金剛石こそは露」だった、というのです。

豪華ですが、しょせん石に過ぎない宝石の花ばなを、露が、自然のままの生きた花ばなに変えたのでした。「そしてそして十力の金剛石は露ばかりではありませんでした。碧いそら、かゞやく太陽丘をかけて行く風、花のそのかんばしいはなびらやしべ、草のしなやかなからだ、すべてこれをのせになふ丘や野原、王子たちのびらうどの上着や涙にかゞやく瞳、すべてすべて十力の金剛石」だったというのですから、いわば森羅万象すべては、十種の知力を持つ金剛石であり、それはまた「十力の大宝珠」であり、「十力の尊い舎利」つまり十種の知力を持つ人、仏だったというのです。

露ばかりが生命を蘇らせるものではありません。この天地にあるものすべて、空・太陽・風・草木・大地・人間すなわち有形無形の自然と自然現象は、すべて十力の金剛石であり、それらは仏であったというのです。

この「十力の金剛石」は、作品として「未定稿」で、「構想全く不可」であったにしても、作者の意図は明瞭に出ています。どんなに美々しい花ばなでも、なぜか「さびし」い虚しいものであり、真の自然の中にあるものこそが、生き生きとした真実の美だといえます。それを可能にするのは、まさに仏の力だと。

この作品を、賢治さん自身評価できなかった理由の一つは、「仏」が出過ぎていたからと考えられますが、逆に賢治さんが発見し、交流したいと熱望した〈自然〉そのものの根源が、これで明らかになったと、私は見ます。

19〈自然〉の文学

人が異世界と交流するということは、異世界すなわち植物や動物に代表される〈自然〉との交流・交感でありました。それが何故頻繁に描かれたかと言えば、賢治さんが自然界に最も根源的な仏性を見たからだ、と結論づけることができます。

境忠一は、『宮澤賢治論』の中の「宮澤賢治と自然」で、歌稿・初期散文・『春と修羅』の心象スケッチを考察して、「このように見てくると、賢治は大正六年一月、数え年二十二歳のとき、一本のひのきに仏性を見出して以来、その表現は異なっても、たえず自然の中に仏性を見出していたので、それが彼の信仰を感覚に結びつけていたといえる」として、賢治さんの詩歌における自然の意味を論述しています。この「一本のひのきに仏性を見出し」たところに引用された短歌は、

雪降れば／昨日のひるのわるひのき／菩薩すがたにすくと立つかな。
わるひのき／まひるみだれしわるひのき／雪をかぶれば／菩薩すがたなり。

などです。(『新校本全集』の「歌稿A」は、一行書きで、二首目の五句は「ぼさつ姿に」です。)

さらに恩田逸夫の「宮沢賢治の文学における『まこと』の意義」では、「めくらぶだうと虹」の主題とおぼしき「まこと」を追求しつつ、「三　自然観」で「『まこと』に至る方法として、その手がかりを自然の中に求め、自然と融合することによって達する、というのが賢治の自然観の重要な一面である」としています。

さらに「龍と詩人」に関して、「賢治は自然を尊重し、自然によって生命力の根源に至る契機をつかもうとした点に特徴がある。彼の作品は、自然に関して語るのではなく、自然が賢治を通して己が姿を表しているというべきである、それゆえ、彼の作品に扱われている自然は、単に素材ではなく、挿話的な扱い方ではなく、自然そのものの本姿が示されているのである」とし、加

えて「彼は自然のみを尊重したのではなく、彼が本当に希求したのは、自然及び人事のすべてを統一している原理『まこと』であったのである」、としています。

そして「まこと」について、「おそらく、空間と時間、人事と自然を包括超越して、宇宙におけるあらゆる営みを支配する原理であり、根源力であって、『永遠なるもの』あるいは『本体』とか『真理』とかいうべきものであろう。別の言い方をすれば、絶対者であり、神であり、仏である」としています。

つまり、境は、賢治さんは若い頃より「自然の中に仏性を見出していた」と言い、恩田は、賢治さんの作品には、「自然そのものの本姿」が表れており、彼が希求した「まこと」は「絶対者であり、神であり、仏である」としています。

結論だけから言いますと、この先駆の両論と私の論の帰結は、同じです。

私がくだくだしく追ってきたのは、賢治さんの宗教的・文学的直感であり、モチーフであった「〈自然〉と人間」を、賢治さんがどう止揚し、構築したかの軌跡であったと言っていいと思います。

20 「純真ニ法楽」する文学の成立

賢治さんの短歌の時代の終わりを、大正八年頃としました。その前後から、賢治さんの童話と詩の時代は始まります。童話への扉を開けたのは、一つには職業作家への道の模索ですし、一つには雑誌『赤い鳥』の創刊・作品募集だった、と推測しました。

賢治さんの初期（前期）童話の時代は、大正七年くらいに始まると考えられますが、それらは「蜘蛛となめくぢと狸」「貝の火」など、動植物を主人公にした、動物昔話的な作品群でした。これらを、「異世界の物語・A型」と名付けました。この初期童話における仏教の影響は、早くから指摘されています。「賢治の生涯中に、もっともその（＝大乗経典の真意　筆者注）普及の意図が明快に現れているのは、童話の処女作ともいうべき数種の『手紙』である」や「よだかの星」などを挙げた、萬田務の「宮沢賢治と宗教」もその一つです。

短歌では、自然の中の仏性を直接的に詠い、初期童話に於いても「教化」の意図はあらわでした。しかし初期からの賢治さんの童話の方法を分析してゆきますと、その生成には明らかな変化が読み取れます。初期（前期）童話には描かれなかった人が登場しますと、動植物の世界（異世界）は、人の世界と明確に区別され、異世界と人の世界をつなぐ仕掛け――それは時に道であったり、時に瞬時の扉であったりするのです――が導入されました。それは、近代的なファンタジーの方法と同類ですが、賢治さんはどうやらそれを、昔話の異郷への往還の方法から学んだとしました。それは大正十年頃でありましたが、その作風を変化させたものは、何であったか。

大正十年といえば、賢治さんが突然と見せかける家出上京をした年でもあります。上京してすぐ賢治さんは国柱会を尋ね、面会した高知尾師から、「法華文学の創作」の啓示を得ます。後年「高知尾師ノ奨メニヨリ／法華文学ノ創作」と、「雨ニモマケズ手帳」に、このことを書き残しています。

この「法華文学ノ創作」の文言は、一般的な、仏教文学の創作というような意味にも解釈でき、それゆえ賢治さんの童話開眼ととる見解もありますが、十年も経って昭和六年に手帳に止どめ置かれた重みをかんがみますと、己の文学歴を回想して、仏教文学ならぬ「法華文学」を創立し得たと宣言する、賢治さんの密かな矜持が、そこには感じられます。続けて記述された緊張した執筆態度や境地は、これも目標・心得の類とも読めますが、ある種の達成感があふれているようにも読めます。そこを、高知尾師の発言に触発されて、それまでの仏教的な童話をさらに高い次元に引き上げ得た、つまり仏性そのものの表現ではない、「教化」でもない、「純真ニ法楽」する文学の成立と読んだのです。

時空にとらわれない天地イーハトヴ。その〈自然〉を舞台に繰り広げられる童話世界。賢治さんはそれらに「イーハトヴ童話」という名称を与えて、生涯唯一の童話集『注文の多い料理店』を編みました。「イーハトヴ童話」は、賢治さんの追求した「法華文学」の見事な結晶であり、そこに描かれたさまざまな〈自然〉に、眼を凝らし耳を澄ませるならば、宮澤賢治文学の真髄に、われわれは限りなく接近できるはずだと思うのです。

参考文献一覧

『〔新〕校本 宮澤賢治全集』筑摩書房
『校本 宮澤賢治全集』筑摩書房
なお底本としたのは『〔新〕校本 宮澤賢治全集』で、文中特に断らない場合の引用はすべてこれに拠った。
『年譜 宮澤賢治伝』堀尾青史著 中公文庫
『年表作家読本 宮沢賢治』山内修編著 河出書房新社
『新宮澤賢治語彙辞典』原子朗著 東京書籍
別冊国文学・No.6『宮沢賢治必携』佐藤泰正編 '80春季号 学燈社

1章 賢治さん、『赤い鳥』へ挑戦

『赤い鳥』復刻版 日本近代文学館
宮澤清六「兄のトランク」「兄賢治の生涯」『兄のトランク』ちくま文庫
『宮沢賢治の青春 ただ一人の友 保阪嘉内をめぐって』菅原千恵子著 宝島社
『賢治童話の方法』多田幸正著 勉誠社
『鈴木三重吉と「赤い鳥」』根本正義著 鳩の森書房
『「赤い鳥」の時代―大正の児童文学―』桑原三郎 慶応通信
野口存弥「編集サイドからみた大正児童文学」(7) 宮沢賢治の童話 『日本古書通信』第766号
恩田逸夫「宮沢賢治の童話文学制作の基底」『宮沢賢治論3 童話研究・他』原子朗・小沢俊郎編 東京書籍
恩田逸夫「宮沢賢治における大正十年の出郷と帰宅」『宮沢賢治論1 人と芸術』原子朗・小沢俊郎編 東京書籍

続橋達雄「賢治童話の成立をめぐつて」宮沢賢治研究『四次元』百号記念特集
『宮沢賢治の文学と法華経』分銅惇作著　水書坊
『「雨ニモマケズ手帳」新考―増訂 宮沢賢治の手帳 研究―』小倉豊文著　東京創元社
『人間 宮沢賢治』萬田務著　桜楓社
『宮沢賢治』平尾隆弘著　国文社
続橋達雄「童話集『注文の多い料理店』の出版」『新修宮沢賢治全集』別巻　筑摩書房

2章　オツベルは死なない

『こぶとり爺さん・かちかち山―日本の昔話（Ⅰ）―』関敬吾編　岩波文庫
『桃太郎・舌きり雀・花さか爺―日本の昔話（Ⅱ）―』関敬吾編　岩波文庫
『一寸法師・さるかに合戦・浦島太郎―日本の昔話（Ⅲ）―』関敬吾編　岩波文庫
『完訳グリム童話集』（一）～（五）　金田鬼一訳　岩波文庫
門倉昭治「宮沢賢治作『オツベルと象』の読み方」『日本文学』第三巻第一一号
伊東盛夫「『オッペルと象』試論」『四次元』第一一巻第三号
『宮沢賢治　作品と人間像』丹慶英五郎著　若樹書房
菅野宏「『オッペルと象』の読み方」『表現研究』昭和四十一年
向川幹雄「白象のさびしさ」『日本児童文学』昭和43年2月号
『評伝　宮澤賢治』境忠一著　桜楓社
『セロ弾きのゴーシュ』解説小倉豊文　角川文庫
『宮澤賢治論』西田良子著　桜楓社

鶉生美子「『オッペルと象』について（三）」『賢治研究』10
池上雄三「オツベルと象」『作品論　宮沢賢治』萬田務・伊藤真一郎編　双文社出版
続橋達雄「オツベルと象」『群像　日本の作家12　宮澤賢治』」小学館
『宮沢賢治・童話の軌跡』続橋達雄　桜楓社
『宮澤賢治の世界』谷川徹三著　法政大学出版局
『宮澤賢治研究資料集第19巻』続橋達雄編　日本図書センター
『宮澤賢治研究資料集成第2巻』続橋達雄編　日本図書センター
『宮澤賢治研究叢書5「注文の多い料理店」Ⅰ』続橋達雄編
『宮澤賢治研究叢書6「注文の多い料理店」Ⅱ』続橋達雄編
『雲の信号』第5号　―特集　オツベルと象―　千葉賢治の会

3章　賢治さんの、古くてありふれた宝壺

小嶋孝三郎「宮沢賢治のオノマトペ試論（上）」『立命館文学』236号
滝浦真人「宮沢賢治のオノマトペ　語彙・用例集（詩歌篇）補論・〈見立て〉られたオノマトペ」（『共立女子大学文科紀要』第三十九号）
小林俊子「賢治の擬音語」（『賢治研究』60　宮沢賢治研究会）
『宮沢賢治』近代日本詩人選13　吉本隆明著　筑摩書房
『日本方言大辞典』上下巻　編集委員 徳川宗賢・佐藤亮一　編集 尚学館発行小学館
『古語大辞典』中田祝夫・和田利政・北原保雄編　小学館
『岩波古語辞典』大野晋・佐竹昭広・前田金五郎編　岩波書店

「力くらべ」『日本昔話通観 第3巻岩手』稲田浩二 小澤俊夫責任編集 同朋舎
『日本昔話大成11』資料編 所収「昔話の型」関敬吾 野村純一 大島廣志編 角川書店
「昔話・伝説重要語彙辞典」大島広志・花部英雄編野村純一編 別冊國文學№41『昔話・伝説必携』學燈社
『日本昔話の伝承構造』武田正著 名著出版
草山万兎「宮沢賢治と動物 1〜13」『ちくま』第285〜第297 筑摩書房
『昔話 その美学と人間像』マックス・リュティ著 小澤俊夫訳 岩波書店
『昔話の年輪80選』稲田浩二編著 ちくまライブラリー32
「うぐいすの里」『一寸法師・さるかに合戦・浦島太郎―日本の昔ばなしⅢ―』関敬吾編 岩波文庫
「かくれ里」『新編日本の民話2 岩手県』未来社
「隠れ里」『日本昔話通観 第27 補遺』稲田浩二・小澤俊夫責任編集 同朋舎
『昔話・伝説小事典』野村純一・佐藤涼子・大島広志・常光徹編 みずうみ書房
「地蔵浄土」『こぶとり爺さん・かちかち山―日本の昔ばなしⅠ―』関敬吾編 岩波文庫
『評伝 宮沢賢治』境忠一著 桜楓社
水野葉舟「宮澤賢治氏の童話について」『宮澤賢治研究資料集成第2巻』続橋達雄編 日本図書センター
益田勝美「伝統文化の摂取のしかた」講座日本児童文学3『日本児童文学の特色』猪熊葉子・神宮輝夫・続橋達雄・鳥越信・古田足日・横谷輝編集 明治書院
天沢退二郎「賢治童話における伝承の力学」『日本児童文学』1990 2「特集 児童文学と伝承」
『宮澤賢治童話作品論集』中野隆之著 葦書房
青山和憲「宮澤賢治の《山男もの》―その素材と独自性についての一考察―(上)(中)」『言文』第40号 福島大学国語国文学会

多田幸正「賢治童話と山人譚」『湘北紀要』第14号　湘北短期大学
坂本友利子「宮澤賢治研究―賢治文学と伝承世界の関連性―」『日本文学研究会会報』第8号　東洋大学短大日本文学研究会

4章　人間を描く

『ファンタジーの世界』佐藤さとる著　講談社現代新書
『アンデルセン童話集1～3』大畑末吉訳　岩波少年文庫

5章「イーハトヴ童話」という果実

『〔新〕校本宮澤賢治全集』第十二巻「童話〔V〕・劇・その他」（校異篇）
天沢退二郎「イーハトヴ」天沢退二郎編『宮沢賢治ハンドブック』新書館
『〔新〕校本宮澤賢治全集』第十三巻（上）覚書・手帳校異篇
山根知子「山男」天沢退二郎編『宮沢賢治ハンドブック』新書館
「解説 復元版 宮澤賢治手帳」小倉豊文著『復元版 宮澤賢治 手帳』筑摩書房
『「雨ニモマケズ手帳」新考』小倉豊文著　昭和53年12月5日初版　東京創元社
秋枝美保「テクスト評釈　注文の多い料理店」『國文學』第三十一巻六号　賢治童話の手帳　學燈社
『宮澤賢治論』境忠一著　桜楓社
恩田逸夫「宮沢賢治の文学における『まこと』の意義」原子朗・小沢俊郎編『宮沢賢治論1 人と芸術』東京書籍
萬田務「宮沢賢治と宗教」大島宏之編『宮沢賢治の宗教世界』発行渓水社　発売北辰堂

[著者略歴]
井上 寿彦（いのうえ　としひこ）
1936年、名古屋に生まれる。名古屋大学文学部を卒業後、愛知県立高校教諭、東海学園女子短期大学教授を経て東海学園大学教授、名誉教授。
著書に『賢治、「赤い鳥」への挑戦』『賢治 イーハトブ童話』（菁柿堂）。また『徹底比較　賢治 vs 南吉』（日本文学者協会編・文渓堂・共著）。
そのほか「星の街」（「文学界」「教育評論」）で日教組文学賞。「みどりの森は猫電通り」（講談社）で北川千代賞・新美南吉文学賞。童話「マーチング・マーチ」YA 小説「星たちのきらめく丘」等がある。

装画／中西ゆみ子

装幀／三矢 千穂

賢治さんのイーハトヴ　—宮沢賢治試論—

2015 年 9 月 24 日　第 1 刷発行　　（定価はカバーに表示してあります）

著　者　　井上　寿彦
発行者　　山口　　章

発行所　名古屋市中区上前津 2-9-14　久野ビル
振替 00880-5-5616 電話 052-331-0008
http://www.fubaisha.com/
風媒社

乱丁本・落丁本はお取り替えいたします。
*印刷・製本／モリモト印刷
ISBN978-4-8331-2089-0